HEYNE <

Funny van Dannen

ZURÜCK IM PARADIES

WILHELM HEYNE VERLAG
MÜNCHEN

Die Originalausgabe erschien 2007 bei
Verlag Antje Kunstmann GmbH, München

FSC
Mixed Sources
Product group from well-managed
forests and other controlled sources

Cert no. GFA-COC-1223
www.fsc.org
© 1996 Forest Stewardship Council

Verlagsgruppe Random House FSC-DEU-0100
Das für dieses Buch verwendete FSC-zertifizierte Papier *Super Snowbright*
liefert Hellefoss AS, Hokksund, Norwegen.

Vollständige deutsche Taschenbuchausgabe 08/2008

Printed in Germany 2008
Umschlagillustration: © Funny van Dannen
Umschlaggestaltung: Nele Schütz Design, München
Druck und Bindung: GGP Media GmbH, Pößneck
ISBN: 978-3-453-59023-6

www.heyne.de

Inhalt

Das Sonntagsfrühstück

Die Frau beklagt sich, sagte Lisa, dass wir dem Putin nicht mal klar die Meinung sagen. Sie sah von ihrer Zeitung auf.
Wie? Klar die Meinung sagen?, fragte Franz, ihr Mann, und biss in sein belegtes Brötchen.
Na, dass wir dem mal sagen, wie schlimm der Krieg in Tschetschenien ist, und dass er damit aufhören soll.
Lisa, sagte Franz, glaubst du denn, der Putin wüsste nicht, wie schlimm der Krieg da unten ist? Der ist doch näher dran als wir! Wahrscheinlich kann der auch nicht, wie er will.
Warum denn?, fragte Lisa. Sind dem etwa die Hände gebunden?
Ich weiß nicht, sagte Franz, aber der Putin, das ist doch ein prima Kerl. Der spricht deutsch, der säuft nicht, der macht für einen Politiker doch einen ganz vernünftigen Eindruck.
Der kann nicht, wie er will. Ich sag's dir Lisa: Russland ist groß!
Lisa nickte und sah aus dem Fenster.
Das wär ja nichts für mich. Präsident sein und dann doch nicht können, wie man will.
Ja, sagte Franz, das ist hart, das muss man erst mal aushalten! Deshalb saufen ja so viele Präsidenten. Der amerikanische Präsident hat ja sogar schon gesoffen, bevor er

Präsident wurde! Und wenn ihn Gott nicht gerettet hätte, wär er vielleicht schon tot oder mindestens ein Wrack!
Ja, sagte Lisa. Gott macht auch Fehler.
Franz schluckte seinen Bissen ganz schnell runter.
Was soll denn das jetzt heißen?
Na, wenn der Bush nicht Präsident geworden wäre, hätten nicht so viele amerikanische Soldaten im Irak sterben müssen. Den einen rettet Gott, die andern nicht. Ist das nicht ungerecht?
Du darfst Gott nicht mit menschlichen Maßstäben messen, sagte Franz. Das ist auch ungerecht. Gott ist unergründlich. Ich meine, wenn man sich zum Beispiel die Attentate auf Prominente anschaut: Die Kennedys, Martin Luther King, Rudi Dutschke, John Lennon. Olof Palme, weißt du noch, dieser schwedische Sozi, und diese Frau, wie hieß die, Hera Lind?
Nein, sagte Lisa, Hera hieß die nicht.
Na ja, egal!, fuhr Franz fort. Und Yitzakh Rabin – die gingen alle übel aus. Und das waren ja alles, jetzt mal im allerweitesten Sinne, Linke.
Aber der Woytila damals, der hat das Attentat überlebt. Und Ronald Reagan auch, von Hitler red ich jetzt mal nicht.
Da könnte man ja Schlüsse daraus ziehen, wo Gott politisch steht. Wo kämen wir da hin? Nee, Gott ist unergründlich, dabei bleibt's!
Guck mal! Die Krähen!, rief Lisa. Sie machen sich über die Walnussreste her, die ich auf den Kompost gekippt hab.
Du kippst Walnussreste auf den Kompost!, schimpfte Franz. Die sind doch viel zu scharfkantig! Daran schlitzen sich die Regenwürmer auf!

Ach, du mit deinen blöden Würmern!, rief Lisa.
Sie konnte Regenwürmer nicht leiden, obwohl sie wusste, wie wertvoll sie sind und was sie leisten.
Die passen schon auf! Die werden sich schon irgendwie an den Nussschalen vorbeischleimen!
Franz sagte nichts.
Weißt du, dass Krähen die intelligentesten Vögel sind?
Franz schwieg.
Ich dachte immer, das wären die Papageien, sagte Lisa. Jetzt sind's die Krähen. Und die Häher und die Geier haben auch gut abgeschnitten. Und die Wachtel ist am dümmsten.
Und die Taube?, fragte Franz.
Die kommt da gar nicht vor, sagte Lisa. Aber ich persönlich finde Tauben ziemlich doof.
Du persönlich!, rief Franz. Du kannst Regenwürmer nicht leiden, du findest Tauben doof! Glaubst du, die Taube ist ohne Grund zum Symbol des Friedens geworden? Du hast ja keine Vorstellung davon, was diese Tiere können! Brieftauben orientieren sich an Kräften, die wir noch nicht enträtselt haben!
Ach, sagte Lisa und stand auf. Es ist bestimmt schon viel mehr enträtselt, als du glaubst! Und außerdem: Ich muss diese Tiere nicht lieben, weil sie irgendwelche tollen Leistungen vollbringen. Ich kann sagen: Regenwürmer – toll, aber eklig. Tauben – toll, aber doof! Das ist Demokratie. Das ist Meinungsfreiheit!
Als ob das alles wäre, brummte Franz. Wo bleibt die Achtung vor der Kreatur?
Sag das Bush und Putin!, rief Lisa schon von draußen. Ich muss was tun!

Schade

Nachdem Josef Kardinal Ratzinger Papst Benedikt der XVI geworden war, hielt sich meine Begeisterung, obwohl ich selbst auch Deutscher bin, ehrlich gesagt in Grenzen.

Ich war regelrecht enttäuscht, denn ich hatte mir selbst Chancen ausgerechnet.

Gut, ich bin vor zwanzig Jahren aus der Katholischen Kirche ausgetreten, ich bin verheiratet und habe vier heidnische Kinder. Aber ich habe das große Latinum und glaube wegen der christlichen Erziehung felsenfest an Wunder. Jesus war ja selbst auch immer für eine Überraschung gut, und nachdem ich im Fernsehen einen Kardinal sagen hörte, dass im Prinzip jeder Gläubige zum Papst gewählt werden kann, fühlte ich mich in meiner Erwartung bestärkt. Ich teilte meiner Plattenfirma vorsorglich mit, mich in Zukunft um andere Dinge kümmern zu müssen, und übte, da ich zur betreffenden Zeit auf Tour war, vor Hotelzimmerspiegeln schon einmal den ›urbi et orbi‹-Segen. Und dann war's Ratzinger geworden!

Und in den Medien war von der Krönung seiner Karriere die Rede, als wäre Papst so etwas wie Aufsichtsratsvorsitzender oder Weltmeister als Spieler und Trainer.

Nun muss ich also weiter Künstler sein, nichts gegen Künstler, doch es ist schon ein Unterschied, auf irgendwelchen Formularen, ob für Behörden oder Banken, bei

Beruf Künstler oder Papst einzutragen. Papst Funny I, klingt doch gut und zeitgemäß!
Ich hätte mich nicht wie Woytila und Ratzinger umbenannt, warum denn dieser Aufwand? Da heißt man 78 Jahre Josef und dann auf einmal Benedikt! 47 Jahre Funny und dann: Tach, Pius!
Na, gut. Die Chance ist dahin! Und ob es noch mal eine für mich gibt? Diese optimistischen Erzkonservativen werden in der Regel ziemlich alt, an denen nagt der Zweifel nicht, das spart viel Energie, ich muss mich noch gedulden. Zwanzig Jahre Ratzinger und dann folgt ganz gewiss ein Italiener. Das passiert denen so schnell nicht noch mal: Zweimal hintereinander einer von außerhalb. Das heißt, wenn ich mal Papst werde, bin ich auch schon steinalt, und ich habe nicht das Gefühl, steinalt zu werden. Sieht also im Moment nicht danach aus, dass die Katholische Kirche mich einmal anruft. Und meine Frau wohl auch nicht. Die ist noch naiver als ich! Sie hatte ebenfalls mit ihrer Wahl gerechnet, obwohl sie gebürtige Polin ist. Ich hab ihr aber gleich gesagt: Zwei Polen nacheinander, das wär ja echt der Hammer!

Die Demo

Hans Albertz, der einzige Überlebende der Senioren-Bewegung LETZTER JUNI, stand vor dem Reichstag und hielt sein selbstgemachtes Schild hoch, auf dem stand: Gebt den Leuten Geld, ihr Schweine!
Eine Berlinbesucherin aus Wittlich (Rheinland-Pfalz) stellte ihn zur Rede: Wie kommen Sie darauf, unsere Volksvertreter als Schweine zu bezeichnen?
Die haben ihre Posten, sagte Hans. Und die Leute müssen sehen, wo sie bleiben. Die sollen die Wirtschaft ankurbeln, und das geht nur, indem sie Geld bekommen.
Für's Nichtstun?, wunderte sich die Frau.
Warum denn nicht?, fragte Hans. Viele kriegen ihr Geld für's Nichtstun. Die Arbeitslosen zum Beispiel. Und die Rentner und die Erben!
Das ist ja wohl die Höhe!, rief die alte Frau. Das ist ja wohl die Höhe! Sie schmeißen Arbeitslose und alte Menschen, die ihr Leben lang hart gearbeitet haben, in einen Topf!
Und wenn schon, entgegnete Hans. Auch viele Arbeitslose haben früher hart gearbeitet. Und was haben sie davon? Hartz IV. Und die Konjunktur ist immer noch am Boden! Wir brauchen Kaufkraft! Wenn die Leute kaufen können, wird auch mehr produziert.
In China!, rief die Frau.
Auch hier, brummte Hans. Und wenn mehr produziert wird, werden Leute eingestellt. Also, Geld muss her!

Der Staat ist pleite!, entgegnete die Frau. Er hat kein Geld.
Dann soll er welches drucken, sagte Hans.
Und dann?, fragte die Frau. Geht jeder aufs Sozialamt und holt sich, was er braucht?
Sozialamt?, fragte Hans. Warum denn Sozialamt? Ich würde es Geldamt nennen.
Die Frau lachte. Sie sind ja ein Idiot! Das hab ich gar nicht gleich gemerkt! Wer geht denn noch arbeiten, wenn's Geld umsonst gibt?
Die, die gerne arbeiten, sagte Hans ganz ruhig. Dann säh die Welt schon besser aus!
Und die Verbrecher und Drogenabhängigen?, fragte die Frau. Sollen die alle Geld bekommen?
Klaro, sagte Hans. Das wäre das Aus für die Beschaffungskriminalität und ein schwerer Schlag für das Verbrechen überhaupt. Fast alle könnten sich das leisten, wovon sie immer geträumt haben, viele wären glücklicher. Ich glaube, davon könnten viele gute Impulse für die Zukunft ausgehen und der Volksgesundheit käm's doch auch zugute: Weniger Existenzangst, weniger Stress, weniger Neid und bessere Ernährung.
Aber das geht doch nicht, flüsterte die Frau, einfach Geld drucken! So einfach geht das nicht.
Warum denn nicht?, fragte Hans. Zu kaufen gibt's genug! Und wenn die Arbeitslosen mit anpacken, können wir noch viel mehr produzieren!
Ach, was!, rief die Frau. Wenn das so einfach wäre, hätten die das schon längst gemacht!
Das weiß man doch!, rief Hans. Das Einfache ist einfach, aber man muss erst mal darauf kommen!

Trotzdem, erwiderte die Frau. Selbst wenn das alles stimmt: Sie sollten unsere Abgeordneten nicht als Schweine bezeichnen. Die tun ihr Bestes für unser Land! Und denken Sie mal an die Kinder und Jugendlichen! Die sollen doch Respekt vor dem Parlament haben, und dann steht jemand wie Sie mit so einem Spruch hier rum. Und außerdem: Warum sind Sie nicht in die Politik gegangen, wenn Sie so gut Bescheid wissen?

Ich war mal in der Politik, sagte Hans. Aber niemand hat mich ernst genommen. Ich war zu radikal!

Ach, radikal!, sagte die Frau. Ja, ja.

Wissen Sie, was das bedeutet?, fragte Hans.

Und ob!, rief die Frau. Ich hatte vor einigen Jahren eine Radikaloperation. Die hat mir wahrscheinlich das Leben gerettet. Seitdem muss ich Hormone nehmen.

Sehen Sie, sagte Hans, es gibt Bereiche, da zahlt die Radikalität sich aus.

Ich muss jetzt los, sagte die Frau. Meine Gruppe ruft mich schon.

Ihre Gruppe?, fragte Hans.

Der Kirchenchor von St. Gertrud, sagte die Frau. Auf Wiedersehen!

Auf Wiedersehen!, rief Hans.

Er sah ihr nach und dachte: Nette alte Frau!

Dann fiel ihm ein, dass er noch älter war.

Die Weiterbildung

Am ersten richtig milden Frühlingstag saß ich mit meiner besten Freundin Elvira in meinem Vorgarten und bestaunte die Narzissen. Schau doch mal, Elvira, rief ich, diese perfekte Form und diese makellosen Farben! Sie pflichtete mir bei: Ja, stimmt! Und diese rote Tulpe!, rief ich. Hast du bei aller Schlichtheit je was Schöneres gesehen?

Nee, sagte Elvira. Leute gingen vorbei. Wir grüßten sie überschwänglich, und manche grüßten, leicht aufgeschreckt, zurück.

Toll, diese Leute!, sagte ich. Findest du nicht?

Doch, doch!, sagte Elvira. Wenn man sich klarmacht, wie viele Moleküle da zielgerichtet vorbeiwackeln, alle Achtung! Das muss organisiert sein! Und das Flugzeug!, rief sie. Guck dir mal dieses Flugzeug an!

Ich sah zum Himmel hoch. Ich seh keins!

Und die Elefanten!, fuhr Elvira fort. Was für fantastische Tiere! Und die Schachspieler! Was für Gehirnakrobaten!

Und die Schauspieler!, rief ich. Und das Kreditwesen und die Justiz und das Gesundheitssystem und wie das alles ineinandergreift!

Ja!, rief Elvira und atmete die milde Luft bis in die Zehenspitzen ein. Und dieser Profifußball und die Ornithologie und dieser Apfelsaft! Sie prostete mir zu. Wir tranken.

Geiler Geschmack! Das muss man erst mal hinbekommen, sagte ich. Wir schwiegen tief zufrieden.
Ich bin so froh, hob Elvira wieder an, dass wir beide die Kurve gekriegt haben! Ich nickte. Weißt du noch, fuhr sie fort, wie oft wir früher schlecht drauf waren, immer die Missstände im Blick?
Immer diese Missstände im Blick!, rief ich. Das war so grundverkehrt! Wie konnte das passieren?
Uns ging es viel zu gut, meinte Elvira. Für uns war so viel Gutes selbstverständlich! Fußball und Maschinenbau, Autos, Fleisch und Zahnersatz!
Zu gut, zu gut!, rief ich verärgert. Wie kann es Menschen denn zu gut gehen? Das ist auch so'n dummer Spruch! Kennst du persönlich einen, dem es zu gut geht?
Elvira winkte ab. Hör auf! Du bist dem alten Denken noch viel zu sehr verhaftet! Lass uns lieber die Wolkenformationen bestaunen!
Erst sagte ich: Ja, gut. Aber dann quälte mich Elviras Einschätzung zu sehr und ich fragte: Wie meinst du das, Elvira? Wieso bin ich dem alten Denken noch viel zu sehr verhaftet?
Weil du nicht einsiehst, wie gut es uns allen geht!, sagte sie laut. Es geht uns allen gut, uns allen! Wer bei uns gesund ist, wäre woanders auf der Welt krank, und wer bei uns hier krank ist, wäre woanders tot, und wer bei uns tot ist, wäre woanders gar nicht so alt geworden! Es geht uns gut, und wir haben all die Jahre viel zu wenig daraus gemacht! Anstatt den Wohlstand zu genießen und daraus Energien für stetige Verbesserungen zu ziehen, haben wir geklagt und kritisiert, ich meine destruktiv! Wir haben unsere Unzufriedenheit anstelle des Glücksgefühls kulti-

viert, wir haben Schuldige gesucht und Fehler im System. Dabei sollten wir uns besser jeden Tag der Tatsache erfreuen, wie gut unsere Gesellschaft funtioniert! Schau dir die Einzelnen mal an! So viele Idioten! Alleine schon die Autofahrer! Und dennoch passieren relativ wenig Unfälle, findest du nicht? Wie viele unfähige Leute gibt es überall, und trotzdem fährt die Bahn, finden Kongresse statt, erscheinen Bücher, haben die Zoos geöffnet und können Baufirmen überleben, florieren Banken und geben viele Arbeitslose ihrem Leben einen neuen Sinn. Das ist doch was! Wir stießen an.

Ich hol den Cognac, sagte ich. Mit Apfelsaft anstoßen ist nicht so glamourös! Elvira lächelte.

Als ich mit dem Cognac wiederkam, stand sie nackt an der Straße und winkte dem fließenden Verkehr. Manche hupten.

Ich rief sie. Sie kam und zog sich an.

Ich sagte: Elvira, wir sind nicht mehr die Jüngsten! Denk daran! Es gibt mittlerweile jede Menge schönere Körper!

Fängst du schon wieder damit an!, rief sie. Warum bewunderst du nicht einfach meine Spontaneität und meinen Mut und die Bereitschaft, den Alltag fremder Menschen zu bereichern? Tulpen und Narzissen kannst du doch auch bewundern! Tu jetzt den Schritt zum Menschen hin!

Ich hatte die Gläser gefüllt und sagte: Ein kleiner Schritt für die Menschheit, aber ein großer Schritt für mich!

Für uns!, rief Elvira. Dann stießen wir lachend an.

Groupie

Was ist denn mit Tobias los?, fragte Jeremy. Der hat mich nicht einmal gegrüßt!
Der hat an was zu knabbern!, sagte Lydia.
Woran denn? Lydia schwieg. Nun sag schon!
Er hat seine besoffenen Onkels belauscht, sagte Lydia. Letztes Wochenende bei der großen Familienfeier. Und dabei hat er mitbekommen, dass seine Mutter als Teenager ein Groupie war.
Na, ist doch geil!, meinte Jeremy. Er grinste.
Ich weiß nicht, sagte Lydia. Die Musiker nannten sie Fotzi.
Sie lachten. Schon hart, oder? fragte Lydia. Also, ich möchte keine Mutter haben, die in ihrer Jugend Fotzi hieß!
Ja, stimmte Jeremy ihr zu, schon hart! Gerade wenn man seine Mutter so verehrt wie Tobias. Hat er sie darauf angesprochen?
Spinnst du!?, rief Lydia. Sie darauf ansprechen – wie denn? Du, Mutti – sag mal, stimmt es, dass sie dich früher Fotzi nannten? Schwierig, sagte Jeremy. Echt schwierig!
Das geht nicht, meinte Lydia. So was kann niemand seine Mutter fragen. Das muss man wegpacken und Gras drüber – Nee, nee!, unterbrach sie Jeremy. Das funktioniert nicht! So was verfolgt dich, glaub mir. Das sind so fixe Sachen, die stehen wie Pflöcke im Gehirn. Und stell dir vor, er fragt sie nie, und dann, wenn sie mal tot ist, ist es zu

spät. Dann senkt der Sarg sich in die Grube und er denkt: Fotzi.
Jeremy!, rief Lydia. Sei nicht so zynisch. Das würde niemand beim Begräbnis seiner Mutter denken!
Und wenn doch?, fragte Jeremy.
Bitter, sagte Lydia. Aber glaub ich nicht. Und ob da vorher was zu machen ist? Ich weiß nicht. Es wäre ja auch für die Mutter eine Belastung, zu wissen, dass ihr Kind ihre Vergangenheit kennt.
Na!, rief Jeremy. So schlimm war's ja nun auch nicht. Sie war doch keine Nutte! Es ist nur der blöde Name.
Nur der Name!, rief Lydia. Aber der sagt schon etwas, oder?
Diese Rockmusiker, meinte Jeremy, was waren das denn für Typen? Verdrogte Idioten, oder? Da hast du schnell so'n Namen weg!
Was hilft's, sagte Lydia. Jetzt hat Tobias eine Mutter, die früher Fotzi hieß, und er ist desillusioniert. Und diese Desillusionierung kotzt mich dermaßen an!
Mich auch, sagte Jeremy. Es gibt nichts Heiliges! Alles ist verdorben. Dabei ist Tobis Mutter eine tolle Frau, find ich.
Das ist sie, sagte Lydia. Komm, wir gehen zu Tobi und sagen ihm, wie sehr wir seine Mutter schätzen! Egal, wie sie mal hieß. Sie gingen raus, aber Tobias war weg.
Er fragte seine Mutter: Warum nannten sie dich Fotzi?
Wer?, fragte die Mutter, um Zeit zu gewinnen.
Die Musiker, sagte Tobias.
Ach, die!, rief die Mutter, wo hast du das denn her?
Von Onkel Paul und Onkel Heinz, ich hab die zwei belauscht!

O. K., sagte die Mutter. Sie hieß Heidi. O.K. Sie lächelte. Ich war eben attraktiv, verstehst du? Sehr attraktiv, auch untenrum. Und anfangs nannten sie mich sogar Super-Fotzi.
Warst du in sie verliebt?, fragte Tobias.
Ich mochte sie, sagte Tobias' Mutter.
Sex ohne Liebe?, fragte Tobias.
Das war eine andere Zeit damals, sagte die Mutter. Das musst du historisch betrachten.
Kann ich nicht, sagte Tobias. Will ich nicht. Das ist mir zu kaputt.
Die Mutter schwieg. Tobias trank ein Glas Wasser auf ex. Weiß Papi von der Sache?
Heidi nickte. Er war der Manager der Band.
Hat er dich auch so genannt?
Er nennt mich sogar heute noch manchmal so, wenn er mich besonders gern hat! So, und jetzt muss ich zum Fleischer. Was machst du?
Ich lass mir das Ganze mal alles durch den Kopf gehen, sagte Tobias.
Heidi lächelte. Weißt du, was deine Großmutter Luise einmal sagte? Wenn ihr euch nicht scheiden lasst, wird Tobias ein romantisches Arschloch!
Krass!, sagte Tobi. Oma war voll aggro, was?
Sie war Preußin, sagte Heidi. Also, bis später! Die Tür fiel zu.
Tobias rief Lydia an. Was macht ihr?
Wir reden über Vitamine. In schwarzer Johannisbeere ist irre viel Vitamin C, wusstest du das?
Nee, sagte Tobias. Ich komm mal zu euch rüber!

Das grüne Hühnchen

Als wir eines schönen Juniabends spät vom Gospel-Workshop heimkehrten, fanden wir das grüne Hühnchen völlig entkräftet und durchnässt im Straßengraben.
Wir hatten die schlimmsten Befürchtungen, aber nach zwei Tagen Rotlichtbestrahlung mit Grogmassagen war es über den Berg. Das sieht gut aus, sagte unser Onkel Jürgen nach einigen Wochen. Das hat muskulöse Schenkel und ein schnittiges Profil, das ist ein Rennhuhn! Bringt es auf die Hühnerbahn, da könnt ihr was verdienen!
Also gingen wir mit dem grünen Hühnchen auf die Hühnerbahn und meldeten es für ein Newcomer-Rennen an.
Habt ihr das Tier so angemalt?, fragten alle.
Nee, sagte Gerd. Das ist von Natur aus so!
Dann ging das Rennen los, und das grüne Hühnchen gewann mit drei Längen Vorsprung.
Am nächsten Wochenende durften wir daher bereits im Champions Race mitmachen und unser Hühnchen gewann schon wieder. Bei der Dopingprobe fragten sie uns nach dem Futter.
Wir sagten: Normales Hühnerfutter, Frühlingssuppe, Milky-Way, sonst nichts. Aha!, sagten die Kontrolleure. Milky-Way! Steht auf der Dopingliste! Unerlaubtes Speedpräparat! Der Sieg wird euch aberkannt und das Hühnchen wird für ein Jahr gesperrt!

Schade, sagten wir, das haben wir nicht gewusst! Könnte man nichts machen, meinten die Kontrolleure. Sie hätten ihre Vorschriften. Traurig trotteten wir nach Hause.

Scheiß-Dopinglisten!, sagte ich. Ja, sagte Gerd.

Ein Jahr später standen wir wieder auf der Matte!

Das grüne Hühnchen musste als Dopingsünder in die sogenannte Delinquentenrunde. Es gewann souverän, ebenso eine Woche später das Champions Race. Bei der Dopingprobe fragten sie uns nach dem Futter. Wir sagten: Ganz normales Hühnerfutter.

Gut, sagten die Kontrolleure. Aber eine Blut- und Federprobe müssten sie noch nehmen, neue Bestimmungen.

Nach einer halben Stunde stand das Ergebnis fest: Kokainmissbrauch! Das kann nicht sein!, riefen wir beide sofort. Wir haben gar kein Geld für Kokain, wir leben von Hartz IV! Da muss ein Irrtum vorliegen! Irrtum ausgeschlossen!, sagte der Oberkontrolleur. Das grüne Hühnchen wurde lebenslänglich gesperrt!

Also Karriereende! Mann, waren wir sauer!

Wie soll denn in unser Hühnchen Kokain gekommen sein?, fragte ich. Gerd winkte ab. Das ist doch der reinste Beschiss! Da steckt die Hühnchenmafia dahinter. Die lassen keine anderen Hühner als ihre eigenen gewinnen. Und ihre Hühner sind garantiert gedopt!, rief ich. Und andere werden überführt, damit alles sauber aussieht, so sieht's aus!, sagte Gerd. Warum hat uns der Onkel nicht gewarnt? Ja, warum nicht?, fragte auch ich, und ein schlimmer Verdacht stieg in uns beiden auf.

Gerd rief Onkel Jürgen an. Du kannst das grüne Hühnchen haben, wenn du willst. Wir sagten, was passiert war.

Das tut mir aber leid, bedauerte er uns mit seiner warmen, tiefen Stimme. Das tut mir echt leid, Jungs! Na, dann bringt das Hühnchen mal zu mir, hier hat's Gesellschaft.
Wir brachten es zu ihm und verabschiedeten uns. Es lief sofort zu Onkel Jürgens anderen Hühnern und gackerte aufgeregt. In den nächsten Wochen gingen wir jedes Wochenende zur Hühnerbahn und setzten auf das neue nackte Hühnchen mit dem Totenkopf-Tattoo zwischen den Schulterblättern. Es gewann das Champions Race dreimal hintereinander und wurde dann, wie wir von Insidern erfuhren, nur noch bei den großen internationalen Rennen in Djakarta, Tunis, Mexico-City und Yokohama eingesetzt.
Als wir bei Onkel Jürgen klingelten, um unser grünes Hühnchen zu besuchen, erzählte er uns, es sei an Herzversagen gestorben. Das wäre bei gedopten Hühnchen nicht mal ungewöhnlich.
Onkel!, riefen wir. Wir haben das Huhn nicht gedopt, Ehrenwort!
Ihr nicht, sagte Onkel Jürgen. Aber die Vorbesitzer mit Sicherheit!
Scheiß-Vorbesitzer!, fluchten wir beide aus Gewohnheit, denn wir hatten Onkel Jürgen immer alles geglaubt.
Zu Hause angekommen riefen wir unsere Mutter an, um sie über Onkel Jürgen zu informieren. Sie wusste längst Bescheid!
Mit zwölf fing er zu kiffen an, sagte sie. Das hat seinen Charakter deformiert. Er hat nie eine ehrliche Arbeit angefasst und alle seine Frauen betrogen. Leider sieht er so gut aus, dass immer wieder neue auf ihn hereinfallen! Ich bete für ihn, aber es nutzt nichts.

Wie kann das sein, Mutter?, fragte Gerd. Du bist ein so guter Mensch und Onkel Jürgen so verdorben. Sind nur die Drogen schuld? Ja, sagte unsere Mutter. Die Drogen sind des Teufels! Er war ein guter Junge! Versprecht mir, um Drogen immer einen weiten Bogen zu machen. Versprecht es bei meiner Unschuld!

Aber Mutter!, antwortete Gerd. Es war ihm etwas peinlich. Wie können wir es denn bei deiner Unschuld versprechen? Schließlich hast du uns bekommen!

Na und?, sagte unsere Mutter. Ich hatte nie Sex mit einem Menschen, den ich nicht geliebt habe.

Ach so!, sagte Gerd. Wenn du das mit Unschuld meinst, dann versprechen wir es bei deiner Unschuld. Gut.

Versprecht es laut, verlangte Mutter, und wir versprachen es so laut wie möglich.

Nachdem Gerd aufgelegt hatte, überlegten wir noch bis tief in die Nacht hinein, ob es nur an Drogen liegen kann, wenn jemand auf die schiefe Bahn gerät, ich sagte schließlich: Gene hin, Gene her. Unsere Mutter hat viel mehr Lebenserfahrung als wir, ich schätze, sie hat recht!

Gerd holte noch zwei Bierchen aus dem Kühlschrank, ein Pils für ihn, ein Alt für mich. Obwohl wir uns als Zwillinge in vielen Dingen superähnlich sind, haben wir einen total unterschiedlichen Biergeschmack, von Wein und Schnäpsen ganz zu schweigen.

Gerd meinte noch: Da lernt man durch ein grünes Hühnchen die Verwandtschaft kennen, das Leben ist schon seltsam. Ich sagte: Seltsam ist nicht das richtige Wort, aber mir fällt auch kein besseres ein.

Evolution

Der Außenminister irgendeines Landes hatte verdammtes Pech gehabt. Sein Chauffeur drehte bei einer Dienstfahrt wegen privater Probleme völlig durch und setzte ihn, nachdem er ihn gezwungen hatte, sich auszuziehen, in einem großen fremden Wald aus. Nun stand der Außenminister nackt und orientierungslos auf einer Lichtung, und weil es ein warmer Sommertag war, dachte sich der Mann: Da hab ich aber Glück gehabt!

Ein Elch kam angetrabt und beschnupperte ihn an den Knien. Heh!, rief der Außenminister, was tust du?

Sie haben einen Meniskusschaden am linken Knie, sagte der Elch. Der Außenminister war baff. Er hatte tatsächlich einen Meniskusschaden, wenn auch rechts.

Soll ich Sie weiter untersuchen?, fragte der Elch.

Nein danke, sagte der Mann. Ich habe keine Zeit. Ich möchte vor der Dunkelheit zu Hause sein!

Der Wald ist groß, brummte der Elch. Und Sie haben kein Handy. Zu Fuß finden Sie frühestens in einer Woche raus, aber nur wenn ich Ihnen die Richtung sage.

Sagen Sie schon!, rief der Außenminister.

Nach Norden!, brummte der Elch. Da kam ein zweiter.

Na, Charly, wen hast du denn da aufgegabelt?

Er möchte vor der Dunkelheit zu Hause sein, sagte der erste Elch. Beide Tiere lachten.

Der Außenminister lief los.

Guck mal!, rief der zweite Elch, der Gunnar hieß, guck mal, wie sein fetter Arsch wabbelt! Die Elche trotteten spottend hinter dem Außenminister her und schubsten ihn alle fünfzig Meter zu Boden. Nach zwei Kilometern war der arme Mann so entnervt, dass er Gunnar attackierte und versuchte, ihm in den Unterleib zu treten. Gunnar wich ganz lässig aus und schubste ihn zur Strafe in einen hohen Brombeerstrauch.

Ihr gemeinen Viecher!, rief der Außenminister. Was hab ich euch getan?

Dein Pimmel blutet!, rief Charly.

Der Außenminister tat Spucke auf die Kratzer und wiederholte seine Frage.

All die Tiere, die ihr esst, haben euch auch nichts getan, sagte Charly.

Ich bin Vegetarier!, rief der Außenminister. Und Elchfleisch habe ich noch nie gekostet, ehrlich!

Du kannst uns viel erzählen, brummte Gunnar. Das kann jetzt niemand nachprüfen! Wir machen dich jetzt fertig und rufen dann die Füchse und die Wildkatzen!

Nein, bitte nicht!, rief der Außenminister. Ich bin ein mächtiger Mann. Wenn ihr mich verschont, kann ich euch helfen.

Wobei denn?, fragte Gunnar.

Was ihr wollt!, sagte der Außenminister. Habt ihr irgendwelche Wünsche oder Träume?

Ein Riesenrad, sagte Gunnar, ein Riesenrad hier mitten im Wald für alle Tiere, das fänd ich geil!

Ja, sagte Charly, das fänden alle Tiere geil. Ein großes Riesenrad mit Fähnchen und Beleuchtung und Rummelmusik!

Kein Problem!, sagte der Außenminister. Kann ich euch besorgen!
Und Autoscooter!, rief Charly. Autoscooter für Elche!
Ihr seid ja echte Rummelfans, was?, sagte der Außenminister.
Alle, brummte Charly, alle Tiere sind totale Rummelfans!
Bis auf Gunda, die furzende Nachtigall, warf Gunnar ein. Aber die ist ja auch gestört.
Na gut, sagte der Außenminister, dann ist ja alles klar. Ihr bringt mich jetzt an irgendeine befahrene Straße, und ich kümmere mich um den Rummel!
Blödsinn!, sagte Charly. Wenn du wieder zu Hause bist, lachst du über uns und erzählst den anderen Menschen, wie du uns reingelegt hast, wetten?
Der Außenminister wollte etwas erwidern, aber die Elche schubsten ihn erneut zu Boden und brachten ihn um. Es war furchtbar. Seine sterblichen Überreste wurden erst drei Jahre später zufällig von Elchjägern entdeckt. Der jüngste Jäger hatte während einer Rast einen Teil des Beckens für ein Elchgeweih gehalten und es aus dem weichen Boden gezogen.
Es ist mir schwergefallen, diese deprimierende Geschichte aufzuschreiben, aber die Zeiten haben sich geändert, und es muss einmal klar gesagt werden: Die Tiere haben dazugelernt!

Die wilde Hilde

Die Freizeitforscherin Hilde Kampowski hatte sich bei ihren Freundinnen extrem unbeliebt gemacht, als sie einer von ihnen den Mann ausspannte. Die Freundinnen lockten sie in eine Falle und hielten sie zwei Tage bei Wasser und Harry-Brot in einem dunklen Keller gefangen. Dann klopften sie an die Eisentür und fragten: Siehst du deinen Fehler ein, du falsches Aas?

Das ist Freiheitsberaubung, ihr Verbrecherinnen!, rief Hilde. Das wird ein Nachspiel haben!

Und was hast du Ingrid geraubt?, rief Ava. Ihre Liebe, ihre Zukunft, alles! Das wird auch ein Nachspiel haben!

Lasst mich raus!, schrie Hilde.

Dann kannst du uns alles in Ruhe erklären, was?, rief Ingrid.

Nein!, schrie Hilde. Sie trat gegen die Tür. Da gibt's nichts zu erklären! Liebe ist Liebe, was soll man da erklären?

Bloß weil dein Mann dich verlassen hat, musst du dich nicht auf den deiner Freundin stürzen!, rief Lydia. Das ist charakterlos!

Wer hat sich gestürzt?, rief Hilde. Ihr verdammten Lügnerinnen! Wir haben uns schon viel länger geliebt, als ihr ahnt! Als Malte mich verließ, gab es für Gregor keinen Grund mehr, sich zurückzuhalten!

Also die Freundschaft zu Malte war ihm wichtiger als ich?, schrie Ingrid und trat auch gegen die Tür. Durch den

Lärm wurde der Hausmeister des Gebäudes alarmiert. Mit seiner Gaspistole bewaffnet kam er in den Keller.
Was ist denn hier los?
Wir haben eine Frau eingesperrt, die einer Freundin den Mann weggeschnappt hat, erklärte Ava.
Korrekt, sagte der Hausmeister. So etwas macht man nicht.
Das ist charakterlos! So etwas macht man nicht, Sie Schlampe!, rief er und stieg die Treppen wieder hoch. Von oben rief er: Aber nicht verhungern lassen, gell?
Nein, nein!, riefen die Freundinnen. So weit geht's dann doch nicht!
Lassen wir sie raus, sagte Lydia. Sie hat die Quittung bekommen. Und in Zukunft muss sie ohne ihre besten Freundinnen auskommen. Das wird hart!
Ava sperrte die Tür auf, und Hilde stürmte hinauf ans Licht. Sie ist so temperamentvoll!, sagte Ingrid. Wahrscheinlich ist es das, was Gregor so an ihr gefällt. Aber meine Figur ist besser. Dein Gesicht auch, sagte Lydia. Sie stiegen die Treppen hoch. Scheiß-Temperament!, rief Ingrid und fing zu weinen an.
Ava und Lydia hakten sie unter. Sie setzten sich ins Auto, alle auf die Rückbank. Gleich kommt George Clooney, sagte Lydia, und fährt dich nach Hause.
Zu ihm oder zu mir?, fragte Ingrid.

Der Besuch

Als die Kinder aus dem Haus waren, sagte Eva: Adam, lass uns mal nach Gott sehen.

Nach Gott!, rief Adam. Niemals! Er hat uns damals rausgeworfen, und du willst ihn besuchen! Was ist denn in dich gefahren?

Ach Adam, sagte Eva. Nun sei doch nicht so nachtragend. Diese Geschichte ist schon so lange her! Ich weiß schon keine Einzelheiten mehr.

Ich schon!, rief Adam. Ich schon! Hast du vergessen, wie es war, als wir plötzlich splitternackt zwischen Dornen und Kakteen erwachten, ohne Ahnung von Arbeit und Lichtschutzfaktor? Weißt du nicht mehr, dass wir drei Tage aus Angst vor Löwen auf einem Baum in Bayern verbrachten und zwei Wochen Durchfall hatten, weil wir vergammeltes Koalafleisch essen mussten?

Ach ja, sagte Eva. Aller Anfang ist schwer.

Du mit deinen Sprüchen!, schimpfte Adam. Zum Teufel mit den Sprüchen!

Dann fahr ich eben alleine!, rief Eva und stieg in ihren alten Golf.

Adam wollte sie aus dem Auto zerren, doch seine Frau zerkratzte ihm mit ihren langen, blaulackierten Fingernägeln den Handrücken.

Na gut!, rief Adam. Dann fahr ich eben mit! Glaubst du, ich lass dich alleine fahren? Der tut dir noch was an!

Eva fuhr los, da waren sie auch schon da.
Das ging aber schnell, wunderte sich Adam. Ja, sagte Eva, das Paradies liegt manchmal um die Ecke. Sie hupte an die zwanzig Mal. Gott kam raus und meckerte: Heh, was ist denn hier los?
Wir sind's!, rief Eva.
Ach du Scheiße!, sagte Gott. Adam und Eva! Was wollt ihr denn hier?
Mal schauen, wie's dir geht, antwortete Eva. Gut siehst du aus! Ihr auch, gab Gott das Kompliment zurück. Treibt ihr Sport? Nordic Walking, sagte Eva. Gott lachte. Kommt rein!
Sieht alles aus wie früher, fand Eva. Ja, sagte Gott, was soll sich im Paradies schon ändern. Wollt ihr einen Tee?
Bei dem Wetter?, fragte Adam. Ein Bier wär mir lieber.
Gott führte sie auf die Terrasse hinter seinem Sommersitz. Sie ließen sich in den Korbstühlen nieder, und Engel brachten Bier und Manna. Ich hätte gerne ein Gläschen Prosecco, bat Eva, da stand es auch schon vor ihr. Super!, rief sie, diese Aussicht! Grandios! Auch Adam war hingerissen. So eine fantastische Landschaft gibt es auf der ganzen Erde nicht, dachte er und blickte fasziniert auf die friedlich lagernden Tiere. Das sieht ja hier tatsächlich so aus wie auf den Heftchen der Zeugen Jehovas! Er wollte es sich nicht eingestehen, doch er fühlte sich sofort ganz wie zu Hause.
Endlich!, sagte Eva und blickte Gott direkt in seine himmelblauen Augen. Endlich wieder daheim!
Gott freute sich sichtlich, die beiden so zufrieden zu sehen. Er holte eine große strahlende Dartscheibe aus dem Geräteschuppen und hängte sie an eine naturbelassene Bretterwand. Wie wär's mit einem Spielchen?

Gerne!, riefen die beiden. Wie früher! Ganz wie früher! Aber heute lassen wir dich gewinnen!, rief Adam und zuckte zusammen. Eva sah ihn erschrocken an, und Gott räusperte sich so laut, dass es wie Donnergrollen klang.
Vielleicht sollten wir doch lieber etwas anderes spielen, meinte Eva. Sonst gibt es nachher wieder Streit.
Nein, nein!, rief Gott. Keine Sorge! Ich bin viel lockerer geworden! Er verteilte die Pfeile und tatsächlich: Obwohl er von vier Spielen drei verlor, blieb er gefasst und gratulierte und genoss das Spiel. Er lobte jeden guten Wurf, nicht nur die eigenen. Wie hast du das geschafft?, fragte Adam. Therapie? Gott schüttelte den Kopf. Nee, nee! Ein Engel hat mir mal den Kopf gewaschen.
Das hast du dir gefallen lassen?, wunderte sich Eva.
Nein, sagte Gott. Natürlich nicht. Ich hab ihn rausgeschmissen! Aber als er fort war, fühlte ich mich einsam.
Du einsam?, staunte Adam. Das gibt's doch gar nicht!
War aber so, entgegnete Gott. Er hat mir echt gefehlt.
Und weiter?, fragte Eva. Hast du ihn zurückgeholt?
Ging nicht, sagte Gott. Er war auf eine Landmine getreten. Gott weinte. Eva auch.
Kommt!, sagte Adam, lasst uns zum Wasserfall gehen! Ich will mich erfrischen! Sie schlenderten zum Wasserfall, und Adam zog sich aus. Er schämte sich ein wenig und zog den Bauch ein. Sei nicht so eitel!, sagte Gott. Ich hab ihn schon gesehen! Ist doch normal in deinem Alter. Sie lachten. Das Wasser prasselte auf Adam. Eva und Gott setzten sich ins fette Moos und genossen das milde Licht der Abendsonne.
Bleibt ihr über Nacht?, fragte Gott.
Nein, sagte Eva. Wir haben unserem Jüngsten verspro-

chen, auf seine beiden Kinder aufzupassen. Er will mit seiner Frau ins Kino.

Kann er sich keinen Babysitter leisten?

Doch, sagte Eva. Aber wir machen das gern. Enkel sind doch toll. Adam legte sich neben die beiden und schloss die Augen.

Was denkst du?, fragte Gott. Stellst du dir vor, wie es wäre, einfach hier zu bleiben?

Ja, gab Adam zu. Das tu ich. Aber ich könnte ohne unsere Kinder im Paradies nicht glücklich sein, du Eva?

Nein, nein! Auf keinen Fall!, rief Eva. Sie brauchen uns!

Ihr braucht sie, sagte Gott.

Das auch, stimmte Adam zu, das auch. Er stand auf und ging zu einer purpurnen Bartnelke, um ihren Duft einzuatmen. Herrlich! Du bist ja immer noch so verrückt nach Blumen!, rief Gott, ganz angetan.

Komm, Eva!, sagte Adam. Wir müssen los!

Eva stand auf. Sie schlenderten zurück zum Tor.

Und wenn ihr die Kinder mitbringt?, fragte Gott. Sie blieben stehen. Die Kinder haben Freunde, wandte Adam ein. Sie haben Berufe, in denen sie erfolgreich sind und glücklich.

Man kann auch im Paradies arbeiten, meinte Gott. Das sehe ich längst nicht mehr so eng!

Du meinst, nur so aus Spaß arbeiten?, fragte Eva.

Was gibt es Schöneres?, erwiderte Gott. Ich habe die Welt auch nicht erschaffen, weil ich sonst verhungert wäre.

Ich weiß nicht, entgegnete Eva. Das ist alles nicht so einfach. Diese ganzen sozialen Zusammenhänge. Man kann seine Familie nicht einfach verpflanzen. Das ist bei Bäumen schon schwierig. Und wir sind Menschen.

Wem sagst du das, sagte Gott.
Alle oder niemand, meinte Adam. Da musst du dich entscheiden!
Ich muss gar nichts, erwiderte Gott und legte ihnen zum Abschied eine Alexandra & Gott-CD ins Handschuhfach.
Du und Alexandra im Duett?, staunte Adam. Ich wusste gar nicht, dass du singen kannst.
Zweite Stimme, sagte Gott. Hört mal rein!

Die stille Frau

Meistens bin ich für meine Umwelt unsichtbar, sagte die stille Frau und zog ein Blatt vom Wolfsmilchstiel.
Ich seh dich, sagte Marvin, und zwar sehr genau.
Ich seh dich auch, sagte die Frau und warf ihm das Blatt an den Kopf. Marvin kippte um und fasste sich an die Stirn.
Oh, oh! Mein Gehirn ist vernichtet!
Schön wär's, flüsterte die stille Frau und wanderte mit ihrem kleinen, roten Rucksack in die Innenstadt. Kinder umringten sie. Gib uns Geld! Gib uns etwas zu essen! Dein Rucksack ist so prall gefüllt!
Da sind nur Tampons drin, ihr Biester!
Sie stieß zwei Kinder zur Seite und stieg in ein Taxi. Zum Flughafen, bitte!
Es gibt hier keinen Flughafen, Lady, sagte der Taxifahrer.
Dann fliegen Sie mich nach Hause, sagte die stille Frau.
Mein Taxi kann nicht fliegen, entgegnete der verblüffte Mann und bot ihr eine Zigarette an.
Haben Sie eine Frau? Der Fahrer nickte. Ist sie dick?
Sie ist dick, sagte der Mann. Und sie hat eine violette Zunge, genau wie ein Chow-Chow.
Wow!, sagte die stille Frau, dann haben Sie eine ganz seltene Frau! Sehr selten, sagte der Taxifahrer. Warum wollen Sie nicht zum Bahnhof?
Ich hasse Züge, flüsterte die Frau.

Oh, Martha!, stöhnte der Mann. Sie haben ja 'ne ganz schöne Schramme! Wer ist Martha?, fragte die stille Frau. Meine persönliche Schutzheilige, sagte der Taxifahrer und spuckte in den Rückspiegel, um den bösen Zauber der Fremden zu bannen. Steigen Sie bitte aus!
Die stille Frau stieg aus und wollte ihre Zigarette in den Tank des Wagens schmeißen, aber ein sehr gezielter, wuchtiger Regenguss löschte die Glut.
Völlig durchnässt stand die stille Frau nun da. Das Taxi fuhr fort. Sie holte ein aufblasbares Flugzeug aus ihrem Rucksack und schimpfte: Alles muss man selber machen!

Bei Ellen

Wir hatten eine halbe Schüssel Salat übrig. Ich rief die Nachbarin an: Wir haben Salat übrig, hast du Lust?
Nur Salat?, fragte Ellen.
Ja, das Kaninchen und die Pommes sind alle. Sie legte auf.
Ich rief noch mal an und sagte: Hör mal, bitte! Du bist arbeitslos, nie hast du Geld! Und du isst oft genug bei uns. Und wenn man dir dann einmal nur Salat anbietet, brauchst du nicht so angepisst zu reagieren. Das sind gute Vitamine!
Ich habe immer noch meine Würde, meinte Ellen.
Ich sagte: Ach! Du bietest den Kunden im Supermarkt Häppchen mit Frischkäse an, du testest Medikamente, aber wenn ich dir einen gesunden Salat anbiete, das ist unter deiner Würde!
Ich hörte Ellen schluchzen und ging sofort rüber. Erst machte sie nicht auf. Es ist ein blödes Gefühl, mit einer halbvollen Salatschüssel im Nieselregen vor einer verschlossenen Tür zu warten. Endlich machte sie auf.
Jetzt ist er vollgenieselt!, sagte ich gleich. Nieselregensalat!
Deine Salate schmecken mir sowieso nicht, sagte Ellen. Du machst immer zu viel Essig ran.
Sonst ist er mir zu lasch, gab ich zurück.
Wir setzten uns an den Küchentisch.

Ich mag so viel Essig nicht.
Und warum sagst du das nicht gleich?, fragte ich. Ich kann mit der Wahrheit besser leben als mit irgendeinem vorgeschobenem Würde-Quatsch!
Das war kein Quatsch, sagte sie. Das hättest du früher nie gewagt, mir Salat rüberzubringen.
Früher hast du auch besser ausgesehen, entgegnete ich. Ich mach mir eben Sorgen! Du rauchst zu viel, du grübelst dir die Haare grau, so kann's nicht weitergehen! Wir sahen aus dem Fenster.
Guck mal!, rief ich. Die Amsel springt am Kompost hoch und zieht die Regenwürmer raus!
Ja, sagte Ellen, das machen die.
Mmh, sagte ich. Da leben die Regenwürmer im Kompost wie im Paradies, und plötzlich sind sie weg. Ellen nickte.
Die am Rand leben gefährlich. Aber es gibt genug davon. Es sieht da drinnen aus wie Wurm-Spaghetti!
Ja, ja!, lachte ich. Die vermehren sich wie die Ausländer! Was ist eigentlich mit diesem Oktay? Seht ihr euch noch?
Ja, schon, sagte Ellen. Aber er will seine Frau nicht verlassen.
Warum nicht?, fragte ich. Haben sie Kinder?
Nee, sagte Ellen. Er liebt sie.
Ich schüttelte den Kopf. Mensch, Ellen, dass du auch immer an solche Typen geraten musst! Wie geht's jetzt weiter? Weiß seine Frau Bescheid?
Ellen nickte. Ich hab sie angerufen! Ich hab gesagt: Hallo, hier ist Oktays Zweitfrau! Und sie hat nur Hallo gesagt. Da wusste ich erst mal nicht weiter.
So was Dummes, sagte ich. Was hast du dir denn davon

versprochen? Hast du gedacht, die lädt dich zum Kaffee ein?
Ich weiß nicht, sagte Ellen. Ich glaube, ich habe gehofft, dass sie ausflippt und ihn rausschmeißt.
Und wie ging's weiter?
Sie sagte noch mal Hallo.
Und du?
Auch Hallo.
Wie? Du hast auch noch mal Hallo gesagt? Ellen nickte. Und dann haben wir nur noch Hallo gerufen, erst abwechselnd und dann immer lauter und wild durcheinander, bis wir völlig außer Puste waren. Hat richtig gut getan. Dann hab ich aufgelegt.
Ich sagte: Na, dann habt ihr euch wenigstens mal kennengelernt.
Guck mal!, rief Ellen. Da ist ein Eichhörnchen!
Ich sagte: Scheißeichhörnchen! Die fressen junge Vögel. Gestern wollte es ans Elsternnest, sie haben es vertrieben.
Es kommt zu mir, sagte Ellen. Es läuft an mir hoch und holt die Erdnuss von der Schulter!
Vogelmörder, sagte ich. Du verwöhnst Vogelmörder!
Du mit deinem Vogeltick!, rief Ellen. Mir sind Vögel eher fremd.
Es sind eben Vögel, sagte ich. Du stehst auf Pelztiere, weil du was zu streicheln brauchst, und ich bewundere Vögel, weil sie fliegen können und weil sie ein Sensorium für den Erdmagnetismus haben. Das hab ich auch. Verwandte sozusagen.
Was?, staunte Ellen. Du hast ein Sensorium für den Erdmagnetismus? Was meinst du damit?
Dass ich mich auch im Dunkeln orientieren kann, sagte

ich. Und dass ich überhaupt ein sehr feines Gespür für alles Mögliche habe. Wenn du wieder mal einen Mann kennenlernst, stell ihn mir erst mal vor! Ich kann dir sagen, ob er was taugt.

Ellen starrte mich an. Spinnst du jetzt oder willst du mich verarschen? Ich verneinte.

Warum gibst du dann so an?

Ich gebe nicht an, sagte ich leise. Ich kann Energien wahrnehmen, die andere nicht spüren. Das ist nun einmal so, das hab ich mir nicht ausgesucht.

Und was für Energien sollen das sein?, fragte Ellen.

Dunkle Energien, sagte ich.

Das gibt's gar nicht, meinte Ellen.

Ich rief: Von wegen! Das Weltall ist voll davon! 73 Prozent des Weltalls besteht aus dunkler Energie, 23 Prozent aus dunkler Materie und nur 4 Prozent aus bekannter Materie.

Ach, was!, sagte Ellen. Das würde ja bedeuten, dass wir das meiste gar nicht mitkriegen, was um uns herum passiert. Ich nickte. Und warum hast du mir noch nie von deinen Fähigkeiten erzählt?, fragte Ellen.

Du hast mich ja auch sofort für einen Angeber gehalten, sagte ich. Darum.

Dunkle Energien, sagte Ellen. Das klingt bedrohlich.

Nur für uns Weiße, schränkte ich ein und stand auf. Ich muss zum Handballtraining!

Du hattest doch letzte Woche eine Bänderdehnung, sagte Ellen. Ist die schon abgeklungen? Ich schüttelte den Kopf. Leider nein. Aber ich geh trotzdem zum Training. Ich schaue zu und mache Bewegungsstudien. Du weißt doch, wie sehr mich Bewegungen faszinieren!

Ja, sagte Ellen, weiß ich. Und vergiss nicht den Salat!

Die letzte Station

Der schlaksige Wanderpanda Andreas G. hatte sich am Bahnhofskiosk eine Tüte Kräuterbonbons gekauft und schlurfte bonbonlutschend Richtung Innenstadt. Weil ihm die Süßigkeit zu Kopf stieg, schloss er die Augen und lief eine Rentnerin über den Haufen.

Oho!, rief er. Was hab ich angestellt?

Sie haben mein Leben ruiniert!, rief die Rentnerin.

Sie lag am Boden, sah aber eigentlich O.K. aus.

Was haben Sie denn?, fragte der Panda. Schmerzen?

Meine Gebärmutter ist schockiert!, schrie die Rentnerin. Das können Sie nie wieder gutmachen!

Ihre Gebärmutter! Schockiert? Was heißt das?, fragte Andreas.

Die Hormone!, rief die Rentnerin. Sie werden verrückt spielen! Ich werde nie mehr wie eine Frau lachen, nie mehr wie eine Frau tanzen und nie mehr wie eine Frau fühlen können, und Sie sind schuld!

Entschuldigung, sagte der Panda. Tut mir ehrlich leid.

Er wollte einfach weitergehen. Hiergeblieben!, rief die Alte und hielt ihn am Schwanz fest. Das müssen Sie bezahlen!

Womit denn?, fragte der Panda. Ich habe nur die Kräuterbonbons.

Sonst nichts?, fragte die Rentnerin.

Andreas schüttelte den Kopf.

O.K., sagte die Rentnerin, dann werden Sie eben mein Sexsklave!
Wie geht das denn? fragte Andreas.
Das sag ich Ihnen schon, beschied ihm die resolute Frau und hakte ihn unter.
So wurde Andreas der Sexsklave von Frau Nesch, und es gefiel ihm gut, denn Frau Nesch wollte im Grunde nur jemand zum Kuscheln. Er bekam Bonbons satt und konnte den Sommer über faul im Garten liegen und ausgiebig onanieren. Eines Tages jedoch traf ihn der Dartpfeil eines Nachbarn, und jaulend vor Schmerz schleppte er sich ins Haus. Frau Nesch zog den Pfeil aus dem Unterleib und tat Jod auf die Wunde. Sie stellte den Nachbarn zur Rede.
Lizzy, sagte Herr Ranke, ich hab's dir oft genug gesagt. Ich habe 14 Enkel, die mich oft besuchen. Einen wixenden Panda kann und will ich ihnen nicht zumuten!
Ach, winkte Frau Nesch ab. Nun stell dich nicht so an, Hartmut! Ich habe letztens zwei von deinen Enkeln am Zaun stehen sehen. Die waren sehr interessiert! Und als sie mich bemerkten, riefen sie: Guck mal, Tante Nesch, der holt sich einen runter! Ich sagte, ja, das machen alle Männchen hin und wieder. Alle Männchen?, fragten sie. Und als ich nickte, fragten sie: Opa auch? Ich sagte: Opa ist doch auch ein Männchen, oder? Da lachten sie. Du siehst, die Kinder sehen das lockerer!
Da warf Herr Ranke auch einen Pfeil auf Frau Nesch. Sie fing ihn mit den Zähnen auf und rannte ins Haus. Schau mal!, rief sie und hielt den Pfeil in die Höhe. Der Ranke dreht durch!
So ein Wixer!, sagte Andreas. Was sollen wir nun tun?
Ich werde einen Zaun hinstellen, sagte Frau Nesch, einen

blickdichten Zaun. Sonst bist du in Gefahr. Zwei Tage später stand der Zaun, es wurde wieder friedlich.
Frau Nesch legte sich oft neben den Panda auf einen zweiten Gartenstuhl, und dann sprachen sie über Phänomene wie ›Drinnen und Draußen‹ oder ›Unten und Oben‹ oder einfach übers Wetter. Im nächsten Frühling, sagte Andreas auf einmal, muss ich weiterziehen. Warum?, fragte Frau Nesch. Ich bin ein Wanderpanda, sagte Andreas. Wenn ich an einem Ort zu lange bleibe, werde ich gewalttätig! Schade, sagte Frau Nesch. Ich hab mich so an dich gewöhnt. Aber häusliche Gewalt ist das Letzte!
Am Anfang der Woche fuhr sie zum Tierarzt und erzählte ihm, dass sie zu Hause einen aggressiven Panda hätte. Als Andreas am nächsten Tag sein Mittagsschläfchen hielt, kam der Arzt und schläferte ihn ein. Frau Nesch ließ ihn ausstopfen und zwar so, dass sie immer noch ganz prima mit ihm kuscheln kann.

Sein größter Wunsch

Ein Wasserbüffel hatte sich am Vormittag einen Lottoschein besorgt, und jetzt saß er davor und konnte ihn nicht ausfüllen. Er wurde immer trauriger, und am Abend sagte seine Frau: Hektor, schmeiß den Schein bitte weg, sonst wirst du nicht mehr froh! Ich will aber Lotto spielen!, brüllte der Büffel. Er wurde so wütend, dass er eine vorbeihinkende Hyäne auf die Hörner nahm. Sie flog ins Wasserloch. Heh! Hektor!, schrie die Hyäne. Was ist denn los mit dir?

Kannst du Zahlen lesen?, fragte der Büffel.

Nee, rief die Hyäne und schüttelte sich das Wasser aus dem Fell. Was willst du denn mit Zahlen?

Er zeigte ihr den Lottoschein. Die Hyäne schüttelte den Kopf. Bist du bescheuert? Du hast doch alles, was du brauchst, was willst du denn mit Geld?

Er will eine Rolltreppe kaufen!, rief Hektors Frau. Er ist verrückt geworden! Seitdem er von Karstadt geträumt hat, will er nur noch Rolltreppe fahren! Er macht mich wahnsinnig!

Die Hyäne blickte ausdruckslos in die Ferne. Es gab diese Momente, in denen sie den Kontakt zur Wirklichkeit verlor.

Hyäne!, rief Hektors Frau, sag ihm, er soll mit dem Quatsch aufhören!

Ich sag's ihm, murmelte die Hyäne.

Ein Webervogel kam angeflogen, zwei Spatzen und ein Flugstein hinterdrein.
Hilfe!, rief der Webervogel. Sie wollen mich ermorden!
Wer denn?, fragte der Wasserbüffel. Die Spatzen?
Die Spatzen und der Flugstein! Die Spatzen und der Flugstein!, schrie der Webervogel total hysterisch.
Der Büffel schnappte sich den Flugstein mit dem Maul und warf ihn in den Matsch. Was ist hier los?
Nichts, sagte der Flugstein. Was soll schon los sein?
Warum verfolgt ihr den Webervogel, du und die Spatzen? Und wer hat dich geworfen?
Mich? Geworfen? Niemand!, rief der Flugstein.
Lüg mich nicht an, brüllte der Wasserbüffel. Wenn dich niemand wirft, kannst du nicht fliegen! Der Flugstein schwieg.
Kennst du die Zahlen?, fragte der Büffel den Webervogel.
Nur die Eins, antwortete der.
Und ihr?
Wir können nur Keilschrift, sagten die Spatzen.
Der Wasserbüffel stampfte auf. Verdammt, verdammt! Was sind wir Tiere für ein ungebildeter Haufen!, brüllte er. Wir können nicht mal einen Lottoschein ausfüllen!
Er wurde wild und schlug nach allen Seiten aus. Fast hätte er ein Kalb verletzt! Die anderen Wasserbüffel rieten seiner Frau, den Wildhüter zu rufen.
Der Wildhüter!, rief die Frau. Warum bin ich nicht selbst auf die Idee gekommen! Der kann sicher alle Zahlen!
Sie rief ihn an. Er kam auch gleich und machte sich an die Arbeit. Welche Zahlen soll ich ankreuzen?, fragte er.
Alle, sagte der Wasserbüffel.
Du darfst aber nur sechs, schränkte der Wildhüter ein.

Zu wenig, fand der Büffel. Das ist mir zu riskant!
O.K., sagte der Wildhüter und kreuzte alle Zahlen an, denn er wusste, wie stur der Wasserbüffel war.
Danke, brummte Hektor.
Ich muss deinen Namen noch eintragen, sagte der Wildhüter.
Er gab Hektor den Schein und fuhr mit einem kurzen Huper los. Am nächsten Morgen galoppierte Hektor zur Annahmestelle, aber sie hatte wegen Geschäftsaufgabe geschlossen. Enttäuscht legte der Büffel sich vor den Laden und heulte hemmungslos. Ein alter Löwe kam angeschlurft. Na, Hektor, was geht ab?
Hektar erzählte ihm von den Rolltreppen.
Karstadt ist am Abkacken, meinte der Löwe. Die machen's nich' mehr lang. Dann kannst du dir die Dinger abholen.
Karstadt am Abkacken?, freute sich der Büffel. Weißt du das genau? Der Löwe nickte. Hektor sprang auf. Er lief nach Hause und rief seiner Frau schon von weitem zu: Ich krieg sie, Schatz, ich krieg sie!

Hannas Tal

Weil ich überhaupt kein Leben mehr in mir habe, werde ich die alte Burgruine besteigen, erklärte Hanna ihrem besten Freund Enrico.
Aber du hast Leben in dir!, sagte der gelernte Chemiker. Was redest du? Und was versprichst du dir denn von der Klettertour?
Halt dich da raus!, sagte Hanna kühl. Das ist ganz allein meine Sache! Wenn man kein Leben mehr in sich hat, ist alles gut, was hilft. Enrico ging.
Soll sie doch auf die blöde Ruine kraxeln, dachte er und legte Hannas Wohnungsschlüssel auf den Tisch.
Ich will mit dir nichts mehr zu tun haben!
Gut, dachte Hanna. Endlich bin ich dieses verlogene Arschloch los! Endlich, endlich! Will mir weismachen, ich hätte Leben in mir! Ausgerechnet dieser U2-Fan!
Sie ging in die Küche und machte ein paar Kniebeugen. Sie hob ein paar Fussel vom Teppich des Wohnzimmers, sah sie an und sprach theatralisch: Fussel! Zähe Saat, die niemals aufgeht! Sie machte den Fernseher an und sah einen Bericht über Stutenmilchlikör. Sie machte den Fernseher aus und ging hinaus in den Garten. Die Lupinen blühten. Sie bewunderte Lupinen sehr und lobte ihre Schönheit laut.
Schnauze!, rief der Nachbar, der ein Schläfchen auf seiner Ikea-Gartenliege mit den rotweißen Ikeapolstern hielt.

Kannst du die Scheißlupinen nicht leise loben? Jeden Sommer das Gleiche!
Sei froh, dass ich kein Leben mehr in mir habe, rief Hanna. Sonst würde ich jetzt den Zaun eintreten und deine fette Wampe massakrieren! Der Nachbar lachte und machte die Augen wieder zu.
Warum sind die Lupinen so schön und mein Nachbar so hässlich?, fragte sich Hanna lauter als nötig. Wie wichtig ist die Schönheit für das Überleben?
Für dich kann sie nicht wichtig sein!, rief der Nachbar. Wenn doch, wärst du schon lange tot!
Hanna ging an den Zaun und hängte eine ihrer langen Brüste durch die Latten. Der Nachbar kam gleich angerannt und leckte sie gierig ab. Gerade wollte er anfangen, sich einen runterzuholen, da zog Hanna ihre Brust zurück. Das reicht, du Netzjunkie!, sagte sie nett. Hat gut getan, was?
Der Nachbar nickte. Ne echte Titte is was Feines!
Er lief ins Haus.
Die Schönheit!, dachte Hanna wieder, was ist bloß mit der Schönheit? Wie nötig ist sie?
Sie nahm ihr Handy vom Gürtel und rief ihre Freundin Helmi an.
Hier Helmi! Sag mal, Helmi, fragte Hanna, kannst du dir eine komplett hässliche Welt vorstellen?
Helmi überlegte. Du meinst eine Welt voller schleimiger Monster und faseriger, eckiger Tiere mit Splittern im Gehirn und knubbeligen Straßen unter einem braunschwarzen Himmel mit blutigen, matschigen Wolken und feuchten Büros mit klebrigen Stühlen und popelverschmierten Tastaturen?

Ja, so in etwa, sagte Hanna ungeduldig. Kannst du dir so was vorstellen?

Klar!, sagte Helmi, ich kann mir alles vorstellen!

Aber dass es so was wirklich geben könnte?, fragte Hanna, glaubst du das?

Natürlich nicht!, rief Helmi gleich. Die Welt ist nicht pervers!

Wie meinst du das denn?, fragte Hanna.

Also, sagte Helmi, die Blumen. Ja, ja, die Blumen!, rief Hanna. Erzähl weiter! Ich mein ja nur, fuhr Helmi fort, die müssen bunt sein oder super duften, um die Bienen anzulocken. Keine Biene fliegt auf eine braune Blume, könnte ja Scheiße sein.

Und was ist mit den Pilzen?, fragte Hanna. Die brauchen keine Bienen, die sind zum Teil ja braun.

Ja, sagte Helmi, aber auch die Pilze sind formvollendet schön, findest du nicht?

Doch, rief Hanna, find ich auch! Also, was meinst du? Kann das Hässliche überleben?

Nee, meinte Helmi, auf keinen Fall! Guck mal, die alten Leute, die leben ja auch nicht mehr lange.

Stimmt, sagte Hanna. Danke, Helmi! Du hast mir sehr geholfen! Tschüss!

Hanna!, rief Helmi. Wie geht's denn so? Hast du schon wieder Leben in dir?

Nee, sagte Hanna. Noch nicht. Warum fragst du?

Nur so, sagte Helmi. Tschüss!

Authentic Trip

Es geht doch nichts über ein geiles Nachmittagsschläfchen, dachte TANZENDES GEWITTER und schaute aus dem Tipi.

Da stand das Bleichgesicht Heinz Schröder.

Ich bringe den Balkon, Mam!

Balkon? TANZENDES GEWITTER wandte sich um. Hast du einen Balkon bestellt, BLAUER HENGST? Der Häuptling nickte.

Gut, sagte TANZENDES GEWITTER. Dann stellen Sie ihn hinters Zelt und werfen die Rechnung in den Fluss!

Ich bin doch nicht blöd!, rief Heinz Schröder. Ich bekomme 25 Büffelhäute!

25 Büffelhäute!, lachte TANZENDES GEWITTER. Wir haben nicht mal zehn Eichhörnchenfelle!

Dann nehm ich den Balkon wieder mit!, rief Heinz Schröder.

Warten Sie!, bat TANZENDES GEWITTER. Wir haben noch eine alte Farfisa-Heimorgel, können Sie die gebrauchen?

Mal sehen, sagte das Bleichgesicht und stieg aus seinem LKW.

Sie steht da hinten unterm Ahorn!, sagte TANZENDES GEWITTER und führte den Balkonhändler hin.

Die ist ja total verwittert!, rief Schröder.

Das ist ja das Tolle!, sagte die Squaw. Die klingt richtig

schräg! Sie holte eine Kabeltrommel aus dem Gerätezelt, schaltete die Orgel ein und spielte ein paar aktuelle Hits.
Super, sagte Schröder, klingt individuell. Aber da müssen Sie noch was drauflegen! So eine olle Orgel für einen nagelneuen Balkon, das reicht nicht!
TANZENDES GEWITTER überlegte.
Wir haben noch ein kleines Rennauto auf Rasenmäherbasis. Is' was für Kinder. Haben Sie welche?
Mädchen, sagte der Händler. Richtig wilde Mädchen!
Na bitte!, rief TANZENDES GEWITTER. Dann ist das ja genau das Richtige!
O.K., sagte Schröder. Aber ein bisschen was muss noch dazu! Die Squaw überlegte. Erst fiel ihr nichts mehr ein, doch dann zeigte sie Schröder ihren String-Tanga aus Klapperschlangenhaut. Den nehm ich!, sagte Schröder gleich. Den schenk ich meiner Frau!
TANZENDES GEWITTER legte den Tanga auf das Rennauto, und Schröder lud den Balkon mit seinen Hiwis hinterm Tipi ab.
Als sie weg waren, stellten sich TANZENDES GEWITTER und BLAUER HENGST auf die Neuerwerbung und genossen die Aussicht.
Toll!, sagte die Squaw. Tolle Idee, Mann!
Häuser find ich langweilig, sagte der Häuptling, aber so ein Balkon hat was, oder?
Absolut!, sagte TANZENDES GEWITTER und seufzte: Wie wunderschön! In solchen Momenten wünschte ich mir einen Stamm, schluchzte die Squaw vor Rührung.
Wär geil!, sagte BLAUER HENGST. Wenn die jungen Krieger jetzt mit den typischen Lauten und Bewegungen um das Tipi tanzten! Sie schwiegen.

Schade, sagte TANZENDES GEWITTER. Schade, dass unsere Kinder so rein gar nichts fürs Indianerleben übrig haben! Was haben wir nur falsch gemacht?
Solche Gedanken sind nicht gut!, sagte BLAUER HENGST. Wir haben die Pfeile von der Sehne schwirren lassen, aber Manitou lenkt sie ins Ziel!
Ach ja!, flüsterte TANZENDES GEWITTER. Das hatte ich ganz vergessen! Sie ging ins Zelt.
Liebling!, rief BLAUER HENGST. Was hast du vor?
Ich mach uns Rührei!, rief TANZENDES GEWITTER.

Das Sonderangebot

Clive O'Connor hatte sich von seiner Frau zum Geburtstag einen Apollo-Rumpf gewünscht.
So einen weißen Apollo-Rumpf aus Kunststoff, wie wir ihn letzte Woche im Baumarkt gesehen haben?, fragte seine Gattin ungläubig.
Ja, Liebling, sagte Clive, genau so einen!
Bist du latent schwul?, fragte die Frau.
Also Gloria!, rief Clive. Weil ich gerne einen Apollo-Rumpf hätte, muss ich doch nicht gleich homosexuell sein! Du weißt, wie sehr ich schöne Körper bewundere!
Also schenkte Gloria O'Connor ihrem Mann zum Geburtstag einen Apollo-Rumpf, und er stellte ihn im Garten zwischen den Hortensien, umgeben von Waldmeister, auf. Zufrieden?, fragte Gloria. Ja, sagte Clive. Sehr sogar. Und wenn ich einmal tot bin, sollst du meine Asche hier begraben, mit dem Apollo-Rumpf als Grabstein. Nein!, rief Gloria. Das ist jetzt nicht dein Ernst!
Doch, sagte Clive. Das ist mein Ernst!
Ein Grabstein aus Kunststoff!, rief seine Frau. Wie geschmacklos!
Ich hatte immer eine Vorliebe für Trash, meinte Clive. Warum soll ich die nicht über den Tod hinaus pflegen?
Das müssen andere sich dann ewig anschauen!, rief Gloria. Kunststoff verrottet nie! Kannst du denn nicht mal den Tod ernst nehmen?

Was hat denn der Apollo-Rumpf mit dem Tod zu tun?, fragte Clive. Gloria schwieg. Clive auch.
Sie blickten auf die billige Skulptur.
Gloria ging ins Haus und machte den Fernseher an. Clive pflanzte die Kartoffeln.
Als er am nächsten Morgen, es war Samstag, in den Garten kam, hatte jemand in dicken, schwarzen Druckbuchstaben geschrieben:
Hier ruht Clive O'Connor * 16. 3. 1955 – ✝?
Clive musste lachen.
Wenige Wochen später bekam er starke Kopfschmerzen, und in der darauffolgenden Woche eröffnete ihm der Arzt, dass er nur noch wenige Monate zu leben hätte. Er starb an einem sonnigen Oktobertag, und seine Witwe begrub die Asche vor dem Apollo-Rumpf, ohne das Todesdatum einzutragen.

Das Ferkel

Das stoische Ferkel saß wie schon seit vielen Jahrtausenden auf seinem kleinen, goldenen Sockel und blinzelte vergnügt in die Welt hinein. Aus religiösen Gründen durfte es weder wachsen noch sterben noch Lotto spielen, und die Gläubigen brachten ihm das Fressen. Sie sorgten auch für seine Sauberkeit, und wenn dem stoischen Ferkel nach Sex zumute war, halfen sie ihm auch, denn dem Ferkel war es, ebenfalls aus religiösen Gründen, verboten, andere Ferkel auch nur anzuschauen.

Wie hältst du das nur aus?, fragte seine Freundin, die superlange Ratte. Ohne meine Artgenossen wäre ich schon längst eingegangen vor Einsamkeit!

Du wirst auch mit deinen Artgenossen eingehen, antwortete das stoische Ferkel. Das ist nur eine Frage der Zeit.

Heh!, rief die superlange Ratte. Sei nicht so gefühllos!

Das Ferkel blinzelte vergnügt.

Da kam das Kamel mit den sieben Höckern um die Ecke und schimpfte wie ein Rohrspatz. Sie wollen die Wüste abschaffen! Die Wüste! Habt ihr's schon gehört? Die Menschen wollen die Wüste vernichten!

So viel Wasser gibt's doch gar nicht, entgegnete die Ratte ruhig. Lass dich nicht so hektisieren!

Es steht in der Zeitung!, rief das Kamel. Sie können jetzt aus Nacht Wasser machen, hochwertiges sogenanntes Megawasser! Das soll die Wüste fruchtbar machen!

Furchtbar, sagte die Ratte. Dann hast du keine Heimat mehr!
So sieht's aus!, schluchzte das siebenhöckrige Kamel. Zuerst züchten sie Hochleistungskamele wie mich und dann schaffen sie die Wüste ab! Manchmal denke ich, es wäre besser, wenn es mich gar nicht gäbe! Was meinst du, Ferkel!
Es gibt dich, sagte das Ferkel. Und irgendwann nicht mehr.
Ach du!, rief die Ratte. Du mit deinen Vergänglichkeitsfloskeln! Bloß weil du aus religiösen Gründen einen so coolen Job hast, musst du uns nicht gebetsmühlenartig abfertigen! Hast du denn kein Mitgefühl?
Das Ferkel blinzelte vergnügt.
Hab ich Mitgefühl? Natürlich hab ich Mitgefühl. Aber nicht nur mit euch! Ich habe mit allen Mitgefühl!
Mit allen?!, wunderte sich das Kamel. Auch mit den Menschen?
Das Ferkel nickte.
Hast du auch mit den schlimmsten Menschen Mitgefühl?, fragte die Ratte. Sag jetzt nicht ja!
Doch, erwiderte das stoische Ferkel. Ich habe aus religiösen Gründen mit allen Mitgefühl!
Religiöse Gründe!, rief das Kamel. Du immer mit deinen religiösen Gründen! Was ist das eigentlich, Religion?
Das, woran geglaubt wird, erklärte das Ferkel. Sie halten mich für heilig, sie beten mich an, sie küssen meinen goldenen Sockel. Ich gebe ihnen Halt im Leben und im Sterben. Dir doch auch, oder?
Klar, sagte das Kamel. Das ist schon klasse, dass du immer da bist!

Und immer so vergnügt, fügte die Ratte an.
Ja, ja, das ist schon was!, rief das Kamel anerkennend. Aber wenn sie die Wüste abgeschafft haben, blinzelst du genauso vergnügt in die Welt hinein wie jetzt, obwohl sie dann nicht mehr die gleiche ist.
Aber dieselbe, sagte das stoische Ferkel. Und jetzt geht bitte weiter. Andere wollen auch was sehen!

Das Geschenk

Ich hatte zum Geburtstag meiner Mutter eine Bleistiftzeichnung angefertigt: Ein Haus im Schnee, im Hintergrund zwei Tannen. Schön, sagte Tobias, aber etwas karg, findest du nicht?

Es musste schnell gehen, sagte ich. Der Geburtstag ist ja schon heute!

Und warum nimmst du dir nicht mehr Zeit für so ein Geschenk? Es ist immerhin deine Mutter!

Ich erwiderte: Tobi! Du weißt doch, wie das ist! Man hat das Datum wochenlang im Kopf und denkt sich: Morgen fang ich an, ja morgen. Und plötzlich ist der Tag gekommen!

Kann denn deine Mutter mit Kunst was anfangen?, fragte Tobias. Mit idyllischen Landschaften schon, sagte ich.

Aber deine Landschaft ist nicht idyllisch, fand Tobias, sie ist karg und kalt und, ehrlich gesagt, sie sieht aus wie lieblos hinschraffiert.

Mein Gott!, rief ich. Es ist eine Winterlandschaft! Die ist nun einmal kalt und abweisend!

Dann ist es aber keine Idylle, meinte Tobias.

Ja, du Rechthaber!, rief ich. Dann ist es eben keine Idylle!

Ich legte die Zeichnung in den Rahmen, und hinter Glas wirkte sie sofort lebendiger.

Siehst du, sagte ich, sie wirkt sofort lebendiger!

Weil das Glas reflektiert, holt es Leben in dein Bild, sagte Tobias. Das weiß ich auch, du Schlaumeier, gab ich zurück. Deshalb habe ich das Bild ja von vornherein so leer angelegt, damit es nachher nicht zu voll wirkt!
Was redet ihr denn da?, fragte Vanessa. Sie hatte den Fernseher ausgeschaltet und kam zu uns herüber. Ich zeigte ihr die Zeichnung. Öde, sagte sie sofort. Da würde ich mindestens noch einen erfrorenen Elch oder Trapper dazutun, nur Schnee und Haus geht nicht. Es soll ein Geburtstagsgeschenk für meine Mutter sein, erklärte ich. Da kann ich ja schlecht mit Leichen kommen!
Ich würde ihr das Bild nicht schenken, meinte Tobias. Es ist einfach zu schlecht! Warum hast du keinen weicheren Bleistift genommen? Dann hättest du auf die Schnelle stärkere Kontraste hinbekommen.
Es sollte wie hingehaucht wirken, sagte ich. Wie hingehaucht! Verstehst du?
Du schenkst deiner Mutter im Juni eine hingehauchte Schneelandschaft, die aussieht wie ein Nichts hinter Glas, ein glänzendes Nichts. Findest du das nicht peinlich? Diese Frau hat dich zur Welt gebracht, und alles, was dir einfällt, um ihr eine Freude zu machen, ist dieser schwindsüchtige Abklatsch einer Idylle, schäm dich!
Ich sah Vanessa an. Sie wirkte unbeteiligt.
Geschenke machen ist nun einmal nicht meine Stärke, gab ich zu. Schenk ihr doch einfach den Rahmen, sagte Vanessa. Und dazu vielleicht ein schönes Foto von dir, eins, auf dem du glücklich aussiehst. Darüber freuen Mütter sich, glaub mir!
Tobias nickte. Stimmt! Damit kann man nichts falsch machen. Ich holte meinen Schuhkarton mit den Fotos aus

dem Schrank, und wir suchten zusammen ein passendes Foto aus. Ich schenkte es meiner Mutter, und sie hängte es sofort an die Wand hinter dem Fernseher, so sehr gefiel es ihr.

Der Abschied

Ein Rotkehlchen hatte sich freiwillig zur Tierarmee gemeldet. Es wollte sich zum Panzerfahrer ausbilden lassen. Die Eltern waren schockiert. Was ist da schief gelaufen? Gar nichts, sagte das Rotkehlchen. Ihr wart prima Eltern! Ihr habt gut für mich gesorgt, ihr habt mich nie geschlagen!
Und jetzt bist du von Gewalt fasziniert!, schluchzten die Eltern. Und das als Mädchen!
Aber ich will doch nur die Bösen eliminieren!, rief das Rotkehlchen. Was ist denn daran schlimm? Ihr seid so altmodisch!
Und während sie so redeten, kam ein Bussard angeflogen und stürzte sich auf die Mutter. Zum Glück hielt sie gerade, weil eine Bullenhitze herrschte, einen Ventilator in der Hand.
Der Bussardkopf fiel ab und sagte noch: Ich hatte immer Flugangst. Komisch, sagte das Rotkehlchenkind. Warum sagt ein Raubvogel so etwas kurz vor dem Tod zu Wildfremden?
Vielleicht wollte er seine Lebensleistung gewürdigt wissen, meinte der Vater. Für einen Raubvogel ist Flugangst schon ein echtes Handicap und das tagtäglich überwinden, das ist schon was! Sie blickten auf die beiden Bussardteile. So ein herrliches Tier!, rief die Mutter. Wir haben wirklich wunderschöne Feinde!
Also, ich muss jetzt aber los!, sagte das Kind und hängte

sich den Rucksack um. Es küsste seine Eltern und flog zum Flughafen.
Weißt du noch?, sagte die Mutter. Früher wollte sie Sängerin werden! Der Vater nickte traurig.
Na ja, sagte er müde, wir haben ja noch andere Kinder.
Er wies mit dem Schnabel Richtung Nest, wo ein Kuckuck hungrig lärmte. Ja!, rief die Mutter stolz. Und unser Jüngster wird besonders groß und stark! Komm, Futter suchen!

Nach der Schule

Stell dir vor, sagte meine Mutter, als ich von der Schule nach Hause kam: Sie haben Jesus gekreuzigt!
Den netten Jesus?, fragte ich. Der die Wunder getan hat?
Meine Mutter nickte. Diese Idioten, sagte ich traurig. Die größten Verbrecher laufen frei herum, aber den netten Jesus schlagen sie ans Kreuz! Was wird denn jetzt aus seinen Kindern?
Kinder?, fragte meine Mutter. Hat der Kinder? Ich dachte immer, der ist homosexuell. Der hatte doch den, na, ich komm nicht drauf den – der hatte einen festen Freund, den – Johnny! Ja, so heißt der! Kennst du doch! Das ist der Sohn vom Gemüsehändler Herzog, der ist ja selber auch homosexuell.
Ja, Herr Herzog, sagte ich, klar. Der freundliche Herr Herzog, der immer so schön pfeift.
Ja, der!, sagte meine Mutter. Der hat mit seiner Frau neun Kinder, acht Mädchen und den Johnny, das ist der Jüngste. Die Älteste hat einen Wursthändler aus Rom geheiratet. Die kommt nur ganz, ganz selten mal nach Hause, hat mir Frau Herzog erzählt.
Leidet sie denn nicht unter der Veranlagung ihres Mannes?, fragte ich. Nee, sagte meine Mutter. Die ist da immer schon total offen und locker mit umgegangen. Die sagte immer: Der Herzog hat den schönsten Pimmel der Welt und den hab' ich zu Haus!

Aber Jesus ist nicht homosexuell, sagte ich. Da hast du was Verkehrtes aufgeschnappt! Der war verheiratet. Hinter dem waren jede Menge Frauen her, weil er so schön reden konnte. Aber er war supertreu. Wie heißt die Frau noch gleich?
Elvira?, fragte meine Mutter.
Ja, genau!, rief ich. Elvira Montez! Die Tochter von dem spanischen Schausteller, der mit den Monstertrucks.
Die Montez, sagte meine Mutter und stellte mir das Essen hin. Die Geschichte kenn ich. Aber die Kinder sind nicht von Jesus. Die haben nur einige Jahre zusammengelebt. Sie hat für ihn angeschafft.
Was!?, rief ich. Der nette Jesus war Zuhälter?
Erzählt man sich, sagte meine Mutter. Ich war auch nicht dabei!
Ich schnitt das Kotelett in Streifen und tunkte das trockene Fleisch in die Päckchensoße. Er soll auch mit Waffen gehandelt haben, fuhr meine Mutter fort. Verstehe, sagte ich. Hat mich immer schon gewundert, wovon der Kerl lebt! Der ist die letzten drei Jahre nur durch die Gegend gezogen, und außer ein bisschen Fischen und Pfandflaschensammeln haben seine Kumpels nichts gemacht. Ja, sagte meine Mutter. Die saßen die ganze Zeit am Strand und haben sich Judenwitze ausgedacht.
Ach, Mutter!, rief ich verärgert. Jesus hat sich nicht nur Judenwitze ausgedacht! Der hat schon echt was draufgehabt!
Das war die Stimme, sagte meine Mutter. Die Stimme hatte was, das stimmt! Die Augen auch. Ich hab' ihn auf dem Markt mal angesehen, da wurde mir ganz anders!

Das kann schon sein, dass der mit seinen Blicken Fieber senken konnte!
Und warum haben sie ihn gekreuzigt?, fragte ich.
Er soll was geplant haben, meinte meine Mutter, was Politisches.
Jesus?, rief ich. Was Politisches? Das glaub ich nicht! Der hat doch nie den Kaiser kritisiert, oder?
Weiß man's?, sagte meine Mutter und trank den Kaffee aus. Ich muss mal kurz zu Betty rüber, die hat Besuch aus Afrika. Acht Schwarze!
Acht Schwarze!?, rief ich begeistert. Echte Schwarze?
So schwarz wie die Nacht, sagte meine Mutter lachend.
Warte!, rief ich. Ich komm mit!

Die Bestimmung

Ein Fox-Terrier und sein Kumpel, ein grauer hässlicher Pudelmischling, liefen durch die Stadt und sangen säuische Lieder.
Der dicke Hausmeister Lukas Kodolski, der wegen der Namensähnlichkeit mit einem Fußballstar viele dumme Sprüche abbekam, wies die Hunde zurecht: Seid still, ihr dreckigen Köter!
Da fielen ihn die Hunde an und bissen seine Hosenträger durch. Dann rannten sie weiter. Der Hausmeister ging ins Haus und rief seine Frau: Tina, du glaubst es nicht, was mir passiert ist! Seine Frau hörte staunend zu. Also haben Tiere doch Humor!, sagte sie schließlich. Nein, sagte ihr Mann. Das glaub ich nicht! Die waren abgerichtet. Das waren ausgebüxte Zirkushunde, sag ich dir! Währenddessen hatte es zu regnen angefangen, und die beiden Hunde waren auf dem alten Bahnhofsgelände in einem baufälligen Schuppen untergekommen. Sie lagen auf dem Rücken und machten Atemübungen. Sicher denkt der Fettwanst, wir wären dressierte Zirkusköter, sagte der Terrier.
Soll er doch, meinte der Halbpudel.
Lass uns morgen noch mal hingehen und ihn verarschen, schlug der Terrier vor. Sicher hat der immer Hosenträger an. Ich will ihn demütigen!
O.K., sagte der Pudel.

Am nächsten Tag sprengte der Hausmeister den Vorgarten. Da kamen die Hunde und bissen den Tulpen blitzschnell die Köpfe ab. Der Hausmeister spritzte sie nass, aber die Hunde sprangen wieder an ihm hoch und bissen die Hosenträger durch.
2:0 für euch, sagte der Hausmeister anerkennend. Ihr seid wirklich gut. Wart ihr mal im Zirkus? Die Hunde lachten.
Die Frau des Hausmeisters, die sich schon immer einen Hund gewünscht hatte, kam raus und rief: Ihr seid ja echte Asse! Wollt ihr nicht zum Mittagessen bleiben? Es gibt Rindsgulasch!
Da lief den Hunden das Wasser im Mund zusammen und sie gingen mit dem Paar ins Haus. Die Frau stellte ihnen zwei tiefe Teller mit abgekühltem Gulasch hin und wünschte guten Appetit. Kurz darauf waren die Tiere tot. Traurig blickte die Frau auf die Kadaver. So talentierte Tiere! Es ist ein Jammer! Aber Menschen verarschen geht nicht. Nee, sagte der Hausmeister. Dafür hat der liebe Gott die Hunde nicht gemacht!

Die Adoptiveltern

Ein Maiskorn und ein Reiskorn wollten heiraten. Aber vorher lasst ihr euer Geschlecht bestimmen!, befahl der Priester. Ich will wissen, wen ich traue!
Das Brautpaar ging zu einem Geschlechtsspezialisten, und der stellte fest, dass das Maiskorn ein Männchen und das Reiskorn ein Weibchen war.
Gut, sagte der Priester. Er traute sie, ausnahmsweise ohne Ringe. Der Standesbeamte fragte sie: Wie sollen die Kinder denn heißen? Reismais oder Maisreis?
Mir egal, sagten die beiden. Mir auch, sagte der Standesbeamte. Sie warfen eine Münze und Maisreis gewann.
Als sie nach sieben Jahren noch immer keine Kinder hatten, gingen sie zum Arzt. Der klärte sie schnell auf: Reiskörner können keine Kinder kriegen! Das Reiskorn brach zusammen.
Als es wieder zu sich kam, fragte der Arzt: Warum adoptieren Sie keine Kartoffel? Nee!, riefen beide. Wir würden eher ein Kilo Mehl adoptieren als eine Kartoffel!
Schön, sagte der Arzt und schickte sie in den Supermarkt. Uns schickt Dr. Lustig, wir sollen ein Kilo Mehl adoptieren.
Moment, bitte!, sagte der Filialleiter. Er holte zwei Pfund Mehl.
Oh!, rief das Reiskorn. Zwillinge!
Die frischgebackenen Eltern legten die zwei Pfund Mehl

in den Zwillingskinderwagen und schoben ihn stolz wie Oskar durch die Lebensmittelsiedlung. Die alte Frau Lang, eine verschrumpelte Salatgurke, warf einen Blick in den Wagen und sagte: Hübsch, aber krass blass!
Sie kommen sehr nach meiner Frau, sagte das Maiskorn.
Na dann!, sagte Frau Lang. Stillen Sie?
Nein, sagte das Reiskorn. Fläschchen. Ich hab zu kleine Brüste.
Na dann!, sagte Frau Lang. Aber keine Videospiele, hören Sie! Die machen Kinder dumm!
Kommt gar nicht in die Tüte, sagte das Maiskorn. Da passen wir schon auf.
Na dann!, sagte Frau Lang. Und sonst?
Wie, sonst? fragte das Maiskorn.
Na, sagte Frau Lang, ich käme mir schon bescheuert vor, wenn ich meiner Familie eröffnen würde, ich hätte zwei Pfund Mehl adoptiert.
Wir haben keine Familien mehr, schluchzten die Körner.
Na dann!, sagte Frau Lang.

Freiflug

Einmal flogen wir auf Pilzen, Champignons und Pfifferlingen über exotische Länder. Wir hatten wahnsinnige Angst, gegen ein Flugzeug zu prallen, und sangen: Oh, Lord, let us down!
Wir flogen aber immer weiter, immer weiter.
Manchmal flogen wir so tief, dass uns die Leute etwas zuriefen. Eine farbenprächtige Frau rief: Where you from?
Wir riefen: Germany! And you?
Uganda!, rief die Frau.
Wir flogen immer weiter, immer schneller und verließen die Erde mit 1000-facher Lichtgeschwindigkeit oder noch schneller, wer weiß? Ich kann Geschwindigkeiten sehr schlecht schätzen. Wir verloren das Bewusstsein.
Als wir wieder zu uns kamen, befanden wir uns auf einem fremden Planeten. Er war schwarz und glatt. Wir sprangen von den Pilzen hinunter und rutschten sofort aus. Der Planet riecht wie eine Olive!, rief Oliver. Er leckte den Boden. Er schmeckt auch so! Wir sahen uns an. Sollten wir wirklich auf einer schwarzen Olive gelandet sein? Das habt ihr nun davon!, rief Olivia. Weil ihr alles für möglich haltet, passiert uns so was! Ich will zurück zur Erde!
Rüdiger schwieg, er wusste, was ich dachte.
Lasst uns das Beste daraus machen!, schlug ich vor. Wir können die Pilze als Schutzhütten nehmen.
Oliver zeigte nach oben. Die Pilze flogen gerade weg!

Jetzt wurden wir nervös. Wir müssen die Olive erkunden!, rief ich. Rüdiger geht mit mir rechts rum, ihr links, los! Das können wir uns sparen, sagte Olivia. Auf einer Olive gibt es keine Menschen oder Tiere oder Imbissbuden, es gibt auch keine Quelle, jede Wette! Wir müssen aber etwas tun!, meinte auch Oliver. Wir haben nur noch eine Büchse Bier! Er stiefelte los. Olivia folgte ihm.

Rüdiger entdeckte nach circa acht Kilometern einen vergoldeten Bauwagen. Na also, sagte ich. Sieht doch gar nicht so schlecht aus! Wir klopften an die Tür. Parole?, drang es an unsre Ohren.

Parole?, fragte Rüdiger. Ich sagte: Vollbeschäftigung!

Die Tür ging auf. Da saß Frau Merkel! Sie hier?, staunten wir. Bürgersprechstunde, sagte sie. Sie haben drei Fragen, eine ist schon weg. Wieso, eine ist schon weg?, fragte Rüdiger, noch matschig in der Birne von der irren Fliegerei. Und nun die letzte Frage, bitte!, sagte Frau Merkel. Was, schon die letzte?, fragte Rüdiger. Kräftige Arme packten uns, die Tür ging zu.

Wir seufzten: Immerhin! So weit weg von zu Hause, aber die Kanzlerin ist bei uns! Komm, sagte ich zu Rüdiger, wenn die hier ist, muss es Institutionen geben oder Institute oder wenigstens Instinktkaffee.

Instantkaffee!, rief Rüdiger. Du bist auch schon schlapp im Kopf. Wir gingen immer weiter. Da kamen Olivia und Oliver! Sie hatten nichts gefunden, gar nichts. Und ihr? Wir haben die Bundeskanzlerin entdeckt, sagte ich. Sie sitzt in einem goldenen Bauwagen und hält Bürgersprechstunde ab. Olivia wurde wütend. Red kein Scheiß!, rief sie. Unsere Lage ist ernst! Wenn die Pilze nicht wiederkommen, sind wir verloren!

Kaum hatte sie den Satz gesagt, sahen wir die Pilze über unseren Köpfen. Sie sonderten Zeitungen ab. Jetzt sondern die auch noch Zeitungen ab!, rief Rüdiger. Ich werd verrückt!
Vielleicht wollen sie Ballast loswerden, mutmaßte ich.
Nun sprachen die Pilze zum allerersten Mal: Wundert euch bitte nicht. Wir werfen nur Ballast ab! In Kürze werden wir euch und die Bundeskanzlerin zurück zur Erde bringen, das haben wir dem amerikanischen Präsidenten versprochen!
So kam es auch. Kurz vor 19 Uhr MEZ landeten wir auf der Bushaltestelle vor unserer Tür. Die Pilze mit der Kanzlerin und ihren Bodyguards flogen weiter Richtung Regierungsviertel.
Wir aßen gleich zu Abend und machten die Tagesschau an. Nichts, kein Wort über die Bürgersprechstunde der Kanzlerin auf der Olive, kein Wort über die fliegenden Pilze und was die Amis so alles können.
Was habt ihr denn!?, fragte Olivia. Glaubt ihr tatsächlich, die bringen solche Sachen in den Nachrichten? Guten Abend, meine Damen und Herren, liebe Zuschauer. Heute hat der amerikanische Präsident Kanzlerin Merkel und einigen per Zufallsgenerator ausgewählten Bürgern einen Freiflug ins Weltall geschenkt? So was erfahren die Medien nicht. Klänge ja auch unglaubwürdig. Ich nickte. Wahrscheinlich erfahren die Medien ganz oft nicht, was wirklich passiert. Wer weiß, wie oft die Merkel da draußen rumkurvt!, sagte Oliver. Und wir denken, die regiert! Seid mal still!, rief ich. Das Wetter!
Genau wie gestern, sagte die Wetterfrau. Genau wie gestern, überall.

Das tote Tier

Einmal war mein Haustier gestorben, es war so groß wie eine Katze. Ich brachte es zum Fußballplatz und legte es auf den Elfmeterpunkt. Trainer!, riefen die Jugendspieler am Abend. Da liegt ein totes Tier auf dem Elfmeterpunkt! Sollen wir es erlösen?
Was meint ihr mit ERLÖSEN?, fragte der Trainer. Es ist doch schon tot! Meint ihr fortschaffen und beerdigen?
Nein!, rief einer. Wegschießen!
Schon stürmten alle los, und der Schnellste schoss das tote Tier ins Tor, voll in den rechten Winkel! Ein Glücksschuss!, riefen alle, auch der Trainer, denn der Schütze war für seine miserable Schusstechnik berüchtigt. Trotzdem sagte er nach dem Training unter der Dusche: Glaubt mir, das war kein Glücksschuss! Wenn wir immer mit toten Tieren spielen würden, wäre ich Torschützenkönig.
Ja, gut, sagte der Kapitän, aber das Spiel heißt Fußball, nicht Fußtier! Da lachten alle, und der Trainer brachte mir das Tier im Dunkeln wieder, weil er wusste, dass es mir gehörte. Ich dachte: Oh! Jetzt sagt er bestimmt: Mach das nicht noch mal, Sportsfreund! Er sagte aber nur: Schau mal, hier ist dein Tier. Es ist im Strafraum gestorben. Tut mir leid! Ich bedankte mich und warf es am nächsten Morgen in den Fluss. Ich sagte, wenn der Fluss dich ins Meer trägt und wenn du großes Glück hast, zeigt das Meer dir vielleicht einen Pottwal, aber nur vielleicht.

Heavyland

Vor einiger Zeit, es war noch Winter in Deutschland, habe ich mit meiner Dienstleistungsgruppe einen Ausflug nach Hamburg gemacht. Die Zugfahrt verlief sehr friedlich. Die meisten schauten aus den Fenstern, so weit sie konnten, manche lasen Zeitung, wir waren ziemlich glücklich.

Doch kaum waren wir in Hamburg aus dem Waggon gestiegen, also kaum hatten wir Hamburger Boden direkt berührt, wollte niemand mehr die Stadt so richtig kennenlernen, erst recht nicht öffentlich. Wir standen unschlüssig auf dem Bahnsteig herum und wären am liebsten sofort wieder zurück- oder weitergefahren.

Kennt denn niemand einen Hamburger oder eine Hamburgerin?, fragte ich. Dann könnten wir den oder die vielleicht besuchen! Wir waren fünf Männer und drei Frauen, aber niemand kannte einen aus Hamburg. Da fiel mir Johannes ein! Der war zwar aus Lüneburg, lebte aber schon seit über zwölf Jahren in Hamburg-Altona. Der geht als Hamburger durch, fanden die anderen. Ruf mal an!

Nein, sagte ich. Wir überraschen ihn. Das fanden alle gut. So kriegte unser Ausflug gleich was Spannendes!

Wir fuhren nach Altona und klingelten bei Johannes. Er war zu Hause und freute sich: So viele Leute! Seid ihr Freunde von mir? Ich rief: Mensch, Johannes! Erkennst du mich nicht? Wir waren zusammen auf der Tierpflegeschule in Frankfurt am Main.

Ach, du bist's, sagte Johannes. Entschuldige, ich hab mich auf die Frauen konzentriert! Setzt euch bitte und nehmt euch, was ihr braucht. Wir sahen uns an. Es gab zwei Stühle und ein kleines, dunkelgrünes Kordsofa. Ihr könnt euch ruhig alle auf das Sofa setzen, sagte Johannes. Das hält alles aus. Er ging ins Nebenzimmer. Wir folgten ihm. Er legte sich ins Bett. Hübsch hast du's aber nicht, sagte ich. Nicht mal richtige Vorhänge!

Das sind richtige Vorhänge, meinte Johannes. Es waren zwei alte schmuddelige Anzüge, die auf Kleiderbügeln vor den schmutzigen Fensterscheiben hingen. Er hatte einfach zwei lange Nägel in die weiß lackierten Rahmen gehauen. Auf dem Boden lagen CDs und Unterwäsche. Du bist ja richtig verkommen, sagte ich. Die Stadt hat dir nicht gut getan, was?

Sag nichts gegen die Stadt!, rief Johannes. Die ist in Ordnung. Es liegt an mir, dass ich so traurig bin. Er zog die Decke unters Kinn und starrte an die Decke. Hast du keine Freundin?, fragte Carmen. Doch, sagte Johannes. Aber sie lässt mich nicht mehr ran. Wir schmunzelten. Wie?, fragte Carmen. Was heißt das, sie lässt dich nicht mehr ran? Ich soll mir eine Arbeit suchen, sagte Johannes. Vorher läuft nichts mehr.

Will sie denn eine Familie gründen?, fragte Tobi. Johannes nickte. Hat sie denn selbst eine gute Arbeit?, fragte ich.

Nein, sagte Johannes. Sie sieht gut aus, aber sie hat keine gute Arbeit! Sie möchte Kinder und sie will zu Hause bleiben, aber mit Hartz IV macht sie das nicht.

Und nun liegst du hier im Bett und denkst über eure Zukunft nach, sagte Carmen. Nee, sagte Johannes. Ich guck nur an die Decke.

Ich hab Durst, sagte Larry, aber in der Wohnung ist absolut nichts. Ich geh mal was besorgen! Drei von uns gingen mit. Hast du denn überhaupt keine Idee, was du machen könntest?, fragte Manuel. Ich will nichts machen, sagte Johannes, immer schon. Auch nichts mit Tieren?, fragte ich. Nee, sagte Johannes. Tiere hab ich total über. Die sind so selbstverliebt! Da tu ich nichts mehr für! Lydia stieß mich an und zog mich am Ärmel ins Nebenzimmer. Lass uns bitte gehen, der Typ ist krank! Ich stimmte ihr zu. Aber gerade deshalb können wir ihn nicht hier seinem Schicksal überlassen. Ich muss seine Freundin anrufen und mit ihr reden. Es bringt absolut nichts, ihn so wie sie unter Druck zu setzen!

Misch du dich da nicht ein!, sagte Lydia etwas zu laut. Was glaubst du denn? Mal kurz von außerhalb einfliegen und so ein Leben in Ordnung bringen? Du überschätzt dich! Lass uns nach Hause fahren, Hamburg ist echt das Letzte! Da kamen die anderen mit den Getränken. Sie machten es sich im Wohnzimmer so gemütlich wie möglich. Cindy hatte ein paar Sprühdosen dabei und fing damit an, den tristen Flur zu gestalten. Calvin wollte sie davon abhalten, er fand es schade um die schöne Farbe, aber außer ihm hatte niemand was dagegen.

Ich ging zurück ins Schlafzimmer und sah mir die CDs an. Du hörst ja immer noch diese uralten Blues-Sachen!, rief ich. Also hör mal! Kein Wunder, dass du so depressiv bist! Glaubst du, diese alte, von sozialem und persönlichem Elend geprägte Musik kann dir Kicks für heute geben?

Kicks für heute, Kicks für heute!, rief Johannes aggressiv. Auf einmal war er munter. Merkst du nicht, wie beschissen du sprichst? Wieso?, fragte ich. Sind doch ganz normale Worte! Kicks für heute? Was ist daran beschissen? Komm steh auf und setz dich zu uns, es geht auf Mittag zu!

Ich bleibe liegen, sagte Johannes, bis ihr wieder weg seid, mindestens. Aber als wir kamen, hast du dich gefreut, sagte ich. Warum bist du so wankelmütig?

Ich hab mir nichts dabei gedacht, sagte Johannes. Vielleicht wollte ich mich freuen, was weiß ich? Geht jetzt!

Ich sagte: Gut, es ist deine Entscheidung. Wir hätten dir helfen können, denn wir sind eine Dienstleistungsgruppe. Wir hätten deine Wohnung geputzt und aufgemöbelt, deine Wäsche gewaschen, das Geschirr, wir hätten dir was Leckeres gekocht und wir hätten auch mit deiner Freundin geredet. Wir hätten vielleicht sogar herausbekommen, was du wirklich willst, und dir eine entsprechende Stelle besorgt und wir hätten nichts dafür genommen, weil das unser freier Tag ist, da nehmen wir nie was für unseren Einsatz, aber wenn du nicht willst ...

Die Wohnung aufräumen und putzen, könnt ihr machen, sagte Johannes. Dann hätt ich von dem Stress noch was.

Nein, sagte ich. Wir machen keine halben Sachen.

Er zog die Decke über seinen Kopf. Ich ging zu den anderen und informierte sie. Also, Aufbruch!, rief Carmen.

Wir stellten das Leergut neben den Mülleimer und sahen uns an, was Cindy auf die Flurwände gesprüht hatte. Schön, sagte Lydia. Blumen und Tiere sind immer gut. Das sind Lilien, erklärte Cindy. Damit spiele ich auf diese Bibelstelle an, wo Jesus über die Lilien auf dem Felde und die Vögel des Himmels spricht: Sie säen nicht, sie ernten nicht.

Das passt doch zu Johannes, der will ja auch nichts säen.
Wir schwiegen. Bei jeder sich bietenden Gelegenheit sprüht Cindy Lilien auf Wände, weil sie die am besten kann, und dann kommt sie jedesmal mit der populärsten Bibelstelle, man glaubt es nicht. Ich lobte trotzdem die Farbzusammenstellung, warum denn nicht?
Wieder im Zug war die Stimmung gut, erstaunlich gut sogar.
Warum bist du eigentlich nicht Tierpfleger geworden?, fragte mich Lydia kurz vor Berlin.
Wegen der Gefangenschaft, sagte ich. Das war mir irgendwann zu heavy. Lydia lachte. Das konnte sie gut verstehen! Und obwohl wir beide nur Mineralwasser hatten, stießen wir auf die Freiheit an.

Mit Klaus im Garten

Nächsten Monat geh ich ins Kloster, sagte Klaus.

Warum erst nächsten Monat?, fragte ich. Ach so! Wegen der WM.

Ja, sagte Klaus. Und danach bin ich weg, endgültig!

Ach, sagte ich, das hast du schon so oft gesagt, und du bist immer noch hier.

Nee, sagte Klaus, jetzt mach ich ernst. Ich kann das alles nicht mehr sehen und hören. Es ist vorbei! Weißt du, wenn man der Welt so gar nichts mehr abgewinnen kann, sollte man ihr den Rücken kehren, das ist nur konsequent.

Was sagt denn Margot?, fragte ich. Die ist doch sicher sauer. Nee, sagte Klaus, sauer nicht. Sie versteht mich. Sie sagt, dann geht sie auch.

Gibt es denn Pärchenklöster?, fragte ich.

Klaus sah mich böse an. Kannst du das bitte mal ernst nehmen? Hier ist jemand, der von der Gesellschaft nichts mehr wissen möchte, ein geselliger Mensch, verstehst du? Spürst du denn nichts?

Was meinst du?, fragte ich überrascht.

Die Verzweiflung, sagte Klaus. Man lebt nur einmal, man liebt die Menschen, also wenigstens prinzipiell, und dann so eine Bankrotterklärung! Und du machst deine Witzchen!

Nein, sagte ich jetzt ernst, das hab ich echt nicht so ge-

meint. Es war nur eine Frage, ehrlich. Es gibt so viel! Warum sollte es nicht auch Pärchenklöster geben?
Klaus sah zum Rittersporn hinüber. So ein Blau!, sagte er. So ein fantastisches Blau! Warum können wir nicht solche fantastischen Beziehungen haben, wir sind doch auch ein Stück Natur? Ich streckte die Beine aus. Andere haben fantastische Beziehungen, sagte ich leise. Liebe, Freundschaft, sogar Verwandtschaft, alles. Vielleicht hast du einfach nicht genügend investiert, Alter. Ist doch alles nur Ökonomie. Er sah mir in die Augen. Ich soll nichts gegeben haben? Das sagst du mir? Wie lange kennen wir uns?
Zwanzig Jahre, sagte ich. Fast 21. Zwanzig Jahre, sagte Klaus. Und dann kommst du mir so! Bin ich nicht immer für andere da? Steht meine Tür nicht immer offen? Ich habe so viele Leute kennengelernt, und die meisten haben von mir profitiert, nicht umgekehrt, mein Lieber! Ich habe mich auf sie eingelassen, ich habe ihnen zugehört, ich hab mich für sie eingesetzt und ihnen geholfen, ihre Ideen zu verwirklichen!
Ist ja auch dein Beruf, sagte ich kühl. Als Studiomusiker verwirklicht man Ideen von anderen. Hattest du selber welche?
Klaus sprang auf. Ich sagte: Setz dich bitte. Du weißt, wie sehr ich deine Fähigkeiten schätze, aber tu bitte nicht so, als hätten dich andere Menschen, von Margot abgesehen, jemals wirklich interessiert. Du warst offen, ja. Das warst du. Kannst du dich an die HB-Reklame von irgendwann erinnern: Offen für...?
Klaus setzte sich. Was hat denn das mit mir zu tun?
Weiß ich auch nicht, sagte ich. Das fiel mir nur so ein. Aber Offenheit sagt gar nichts aus über soziale Qualitäten.

Offen für Ausländer! Waren wir lange. Aber haben sie uns interessiert? Was hat das denn mit mir zu tun?, wiederholte Klaus. Du schmeißt alles durcheinander!

Du hast recht, sagte ich. Das liegt an den Robinien, ihr Duft macht mich ganz dumm! Wir lachten fast.

Eine Ameise krabbelte über meinen nackten Fuß. Ich nahm ihn hoch und pustete sie weg. Aber du glaubst doch gar nicht an Gott, sagte ich dann. Gibt es denn Atheistenklöster? Klaus nickte. Mindestens zwei in Deutschland, beide im Badischen.

Nicht schlecht, fand ich. Da ist das Wetter schon mal gut. Hast du schon angerufen?

Nee, sagte Klaus. Ich möchte erst noch meine Rentenansprüche klären. Das dauert, sagte ich. Egal, meinte er. Wenn man sich endgültig entschieden hat, ist man gelassener in allem.

Und was ist mit den Instrumenten?, fragte ich. Darfst du die mitnehmen? Weiß nicht, sagte er. Mal sehen.

Nieswurz

Heinz und Gerda Schröter waren schon elf Jahre verheiratet, als er ihr endlich seine Pippisexualität offenbarte. Erst musste Gerda lachen. Pippisexuell? Das gibt's doch gar nicht! Sie hielt das Geständnis ihres Mannes für einen Scherz.

Als der Ernst jedoch nicht vom Gesicht ihres Mannes wich, wollte sie es genau wissen. Heißt das, du hast all deine Orgasmüsse in all den Jahren nur vorgetäuscht?

Ja, Liebling, sagte Heinz. Echte Erregung verspüre ich nur beim Wasserlassen, da hab ich meine Höhepunkte.

Gerda erbleichte. Pippisexuell, murmelte sie. Das hab ich ja noch nie gehört. Bist du der Einzige?

Nein, sagte Heinz. Wo denkst du hin?

Wo denkst du hin?, rief Gerda wütend. Bist du abartig oder ich? Da glaubt man jahrelang, einen ganz normalen Mann zu haben, und dann so was!

Sie setzte sich. Dann stand sie wieder auf und machte den Herd aus. Warum machst du den Herd aus?, fragte Heinz. Werden wir jetzt nichts mehr essen, bloß weil ich pippisexuell bin?

Bloß weil du pippisexuell bist?!, brüllte Gerda. Mir sind der Hunger und der Appetit vergangen und nicht nur das! Sie schluchzte. Ich werde mich scheiden lassen! Und was soll ich meinen Freundinnen sagen, wenn sie nach Gründen fragen? Hä? Ach, wisst ihr, Heinz ist pippisexuell, das macht mich nicht so an? Alleine schon das Wort! Das ist auch missverständlich! Ich hör Mahalia schon sagen: Bloß weil er auf Pissen steht, müsst ihr euch doch nicht scheiden lassen. Und dann muss ich erklären, was pippisexuell genau bedeutet. Und dann – sie schüttelte sich. Elf Jahre!, rief Gerda. Du hast mir elf Jahre meines Lebens gestohlen, dreizehn, seit wir uns kennen. Gut, dass wir keine Kinder haben. Du ziehst gleich morgen aus!

Aber Liebling – Nenn mich nicht Liebling!, schrie Gerda. Das ist vorbei! Aber Gerda – Nenn mich nicht Gerda!, schrie Gerda. Ich möchte keinen Pippisexuellen kennen, der mich duzt! Aber Frau Schröter – Jetzt hatte Gerda genug. Sie sprang auf und warf den Küchenstuhl auf Heinz. Er fing ihn. Gut, sagte Heinz. Dann spreche ich Sie jetzt mit Ihrem Mädchennamen an, Frau Weserbergland. Gerda rannte hinaus in den Garten und schloss sich in der Laube ein. Frau Weserbergland! Wie genüsslich er ihren verhassten Mädchennamen ausgesprochen hatte! Ist pippisexuell und geilt sich an beschissenen Mädchennamen auf! Gerda suchte den alten Küchenschrank nach etwas Alkoholischem ab. Eierlikör! Sie setzte sich die Flasche an den Mund. Heinz klopfte an die Tür. Lass uns reden, flüsterte er. Gerda ging es etwas besser, sie öffnete das Fenster einen Spalt breit.

Haben wir uns nicht immer gut verstanden?, fragte Heinz. Waren wir nicht ein gutes Team? Gerda schwieg.

Hätte ich ihr bloß nichts gesagt, dachte Heinz. Wie konnte ich nur! Haben wir nicht viel Freude miteinander gehabt?, flüsterte er. Gerda schwieg. Die vorhin volle Flasche war fast leer.

Haben wir nicht bis auf den Grund unserer Seelen geschaut?, fragte Heinz. Gerade beim Geschlechtsverkehr? Gerda wurde schlecht. Trotzdem trank sie die Flasche leer und fiel vom alten Sofa.
Dabei riss sie die Tischdecke, auf der ein paar Emailletassen standen, mit. Es klapperte verdächtig. Heinz warf seine 102 Kilo gegen die Tür. Er rief den Notarzt. Eierlikörvergiftung, erkannte der sofort. Haben Sie Nieswurz im Garten?
Heinz rannte los, und der Notarzt hielt Gerda den Nieswurz unter die Nase. Sie musste so heftig niesen, dass Brechreiz einsetzte und sehr viel Gelbes wieder auf die Erde zurückkehrte. Heinz holte ein Glas kaltes Wasser. Gerda trank ein Schlückchen. Wo bin ich?
Im Garten, sagte Heinz. Alles ist gut.
Die beiden Männer legten sie aufs Sofa, und sie schlief summend ein. Sie wird sich schnell erholen, sagte der Notarzt. Allerdings wird sie erhebliche Gedächtnislücken haben. Die letzten 24 Stunden dürften komplett gelöscht sein! Das macht der Nieswurz. Er wirkt großartig, nur diese Nebenwirkung hat er eben.
Ach, sagte Heinz und lächelte. Wenn's sonst nichts ist.
Nun lächelte der Notarzt auch. Die Männer gaben sich die Hände. Sie können ihr ja alles erzählen, sagte der Mediziner.
Mach ich, sagte Heinz. Und vielen herzlichen Dank!

Die Deutschland-Sache

Nee, Mandy, sagte Norman, nachdem wir ihre Seele durch das Psychoskop unter die Lupe genommen hatten, mach dir bloß keine Gedanken mehr! Da kommst du nur schlecht drauf! Wir nickten.
Du hast so viele Ängste, erläuterte Benni, die musst du alle rigoros verdrängen. Mach einen auf lustig, das ist das Beste!
Moment!, rief Norman. Mach einen auf lustig hört sich so oberflächlich an. Ich finde, Mandy sollte schon von Herzen fröhlich sein. Sie sollte jeden Morgen nach dem Aufstehen all die großartigen Dinge um sie herum aufzählen: Das Wetter, das uns mit Luft versorgt, die Luft, die uns den Sauerstoff bereitstellt, das Haus, das sie vorm Wetter schützt, das Bett, das sie schön wärmt, das wartende Frühstück, die aufgeregte Marmelade – Wie bitte?, unterbrach ihn Benni. Nun mach mal halblang! Herrje!, rief Norman. Lass mich einfach mal übertreiben, um Mandy die Vitalität des Lebens zu veranschaulichen! Sie weiß ja gar nicht, wie schön der Alltag sein kann! Weiß ich doch!, rief Mandy. Nur weil ich gerade einen Durchhänger hab, müsst ihr mich nicht wie eine Kranke behandeln! Wenn Alf-Romeo mich nicht verlassen hätte, würde ich jetzt ganz ausgeglichen durch die City tigern und mir Klamotten kaufen. Aber wenn man nach zwölf gemeinsamen Jahren plötzlich alleine dasteht, muss man sich erst

mal fangen. Ist doch normal. Warum hat er dich denn verlassen?, fragte Julia. Hat er eine andere? Mandy sah auf ihren Busen. Er hat seit zwei Jahren zwei andere, sagte sie, eine Blonde und eine Schwarzhaarige. Mit dir zusammen macht das schwarz, rot, blond, sagte ich. Das kann kein Zufall sein! Ausgerechnet jetzt, vor der Fußball-WM im eigenen Land!

Mandy sah mich nachdenklich an. Daran hab ich noch gar nicht gedacht, aber wer weiß? Er ist so saufanatisch. Er würde alles tun, damit wir Weltmeister werden. Es klingelte. Das ist er!, rief Mandy. Ich spür's am ganzen Körper! Sie lief zur Tür.

Es war Alf-Romeo. Sie fielen sich in die Arme, alles war wieder gut. Mensch, Alf!, rief ich, sind wir froh, dass du wieder da bist! Wir haben uns schon große Sorgen um Mandy gemacht!

Ich auch, sagte Alf-Romeo, das könnt ihr mir glauben. Aber es ging nicht anders. Es war so: Jürgen Klinsmann und Michael Ballack sind mir vor über zwei Jahren im Traum erschienen. Sie schwenkten Deutschland-Fahnen und brüllten total eindringlich: Mit Weltmeister wird das nix, wenn du nicht unsere Farben fickst! Erst hab ich das nicht ernst genommen, doch der Traum kam jede Nacht. Da hab ich mich dann umgesehen und Franziska und Natalia kennengelernt. Sie waren beide sehr attraktiv, aber ohne den Traum hätte ich nie was mit ihnen angefangen. Was glaubt ihr denn, wie die zwölf gemeinsamen Jahre Mandy und mich zusammengeschweißt haben?

Du hast dich also für den deutschen Fußball geopfert, sagte Norman. Kann man das so sagen? Ja und nein, meinte Alf-Romeo. Der Anfang war sehr schwer, aber nach einem halben Jahr gefiel es mir, drei Frauen zu haben, und ich fragte sie, ob sie sich vorstellen könnten, mit dieser Konstellation längerfristig zu planen. Ich wollte ja auch Kinder. Von allen?, fragte ich. Ja, sagte Alf-Romeo. Ich wollte von jeder Frau drei Kinder, also zusammen neun.

Alf-Romeo!, rief Julia. Bist du wahnsinnig? Neun Kinder? Weißt du, wie viel Arbeit neun Kinder bedeuten?

Wenn die Frauen zusammengezogen wären, hätte das Arbeit und Kosten gespart, sagte Alf-Romeo. Doch Mandy wollte nicht.

Wir sahen Mandy an. Warum nicht?, fragte Benni. Wolltest du Alf-Romeo für dich allein?

Ja, sagte Mandy. Nach den zwölf gemeinsamen Jahren wollte ich Alf-Romeo mit niemand teilen. Er hat mir dann versprochen, sich von ihnen zu trennen. Aber heimlich traf er sich mit ihnen in Bamberg. In Bamberg?, fragten wir alle.

In unzerstörten, alten Städten, sagte Alf-Romeo, ist der Sex einfach besser, wisst ihr das nicht? Wir schüttelten verblüfft die Köpfe. Dann hat's Mandy vor zwei Wochen rausgekriegt, fuhr er fort. Da hab ich sie verlassen.

Und jetzt hast du mit den beiden anderen Schluss gemacht?, fragte Norman. Alf-Romeo nickte. Sie taugten ja beide nicht viel! Inwiefern?, wollte ich wissen. Meinst du moralisch? Ja, selbstverständlich!, rief Alf-Romeo. Ist euch das denn nicht aufgefallen? Was denn?, fragte Julia.

Na du bist gut!, rief Alf-Romeo. Da drängen sich zwei Schlampen in eine seit zwölf Jahren super funktionierende Beziehung und ihr findet das O.K.?

Nee, sagte ich sofort, natürlich nicht. Das ist schon dreist!

Ich lächelte Mandy zu und hielt die leere Bierflasche hoch. Sie holte eine neue. Nee, ist schon oberdreist!, meinte Benni. Das fällt erst gar nicht auf, wie dreist die waren!
Und null Respekt!, rief Norman. Echt null Respekt! Da hat man doch Respekt vor, wenn zwei Menschen sich so lange schon so gut verstehen! Drecksweiber!, sagte Julia. Wussten die von der Deutschland-Sache?
Klar, sagte Alf-Romeo. Hab ich denen nach ein paar Monaten gesteckt. Da hätten die doch sagen müssen: O.K., Alf-Romeo, du hast dich aufgeopfert. Aber ich will nicht, dass deine Ehe daran scheitert. Geh jetzt bitte!
Wärst du gegangen?, fragte Norman.
Sofort!, rief Alf-Romeo. Sofort! Da hätt ich doch sofort den klaren Kopf gehabt! Den hat man nicht, wenn man in solchen Sachen drinsteckt, ist doch normal! Mandy ging in die Küche. Na, sagte ich, seid froh, dass alles so gut ausgegangen ist. Ohne Kinder ist das ja alles nicht dramatisch. Stell dir vor, die hätten dir auch noch Kinder angehängt! Wir stießen an. Alf-Romeo klopfte dreimal auf den Laminat-Fußboden. Mandy!, rief er. Was machst du denn?
Schnittchen!, rief Mandy.

Der Onkel

Einmal fragte ein Onkel seinen elfjährigen Neffen, einen hilfsbereiten Pfadfinder, was er denn mal werden wolle. Scharfschütze, antwortete der Junge. Dann knall ich täglich einen Nazi ab, bis die Menschen in Deutschland, vor allem die im Osten, wieder ruhig schlafen und Fremde ohne Angst Bus fahren können.
Aber Jens!, rief der Onkel angewidert. Menschen töten ist doch kein Beruf! Aber Onkel, sagte Jens verwundert, vergisst du die Soldaten?
Das ist doch ganz was anderes, Jens, sagte der Onkel. Im Krieg gelten andere Gesetze. Und überhaupt: Du mit deinen vielen Talenten! Du bist so sprachbegabt! Und für Biologie begeisterst du dich auch. Die Gentechnik ist so ein zukunftsträchtiges Gebiet, da kann man gut verdienen!
Als Scharfschütze auch, sagte Jens.
Was?!, rief der Onkel. Wer hat dir denn diesen Unsinn erzählt?
Der Vater von Jeremias, sagte der Junge. Er sagte: Der Staat muss aufräumen. Und er kommt über kurz oder lang nicht umhin, Kopfgeldprämien auszusetzen, sonst wird sich für den Osten schon bald kein Investor und auch kein Tourist mehr interessieren.
So ein Spinner!, rief Onkel Bernd zornig. Das ist ein gefährlicher Spinner, dieser Vater von Jeremias! Durch eine

erhöhte Polizeipräsenz können wir das Problem in den Griff bekommen. Das muss man nicht dramatisieren.
Aber es wäre viel teurer, erwiderte der Neffe. So viele Polizisten! Überleg mal, Onkel! Der Vater von Jeremias sagt, er würde den ganzen Geheimdienst abwickeln und einen Teil des eingesparten Geldes für Scharfschützen ausgeben. Das wäre effektiv!
Martha!, rief der Onkel nach Jens' Mutter. Was erzählt der Kurze denn? Das ist ja unerhört! Kennst du diesen Vater von Jeremias?
Die sind zugezogen, sagte Jens' Mutter. Ich glaube, er ist arbeitslos. Man munkelt, er hätte für den BND gearbeitet, die Leute reden viel.
Martha!, schimpfte ihr Bruder. Es muss dich doch interessieren, was dein Kind für einen Umgang hat!
Ach je!, rief Jens' Mutter. Soll ich mir von allen Eltern aus seiner Klasse eine Biografie besorgen?
Wieso von allen?, fragte der Onkel. Es geht um drei, vier Eltern, schätze ich.
Schätze ich!, rief Jens' Mutter. Schätze ich! Was ihr Kinderlosen so alles schätzt! Ihr schätzt, was Kinder kosten, was sie brauchen, was sie wissen müssten! Vergiss nicht, wir sind umgezogen. Das ist schon seine zweite Schule, und er ist unser drittes Kind! Was schätzt du, wie viele Eltern man kennenlernen möchte, du Erziehungs-Ass? Warum bist du früher, als die Kinder kleiner waren, nicht öfter aufgekreuzt und hast was mit ihnen unternommen? Das hätte mich entlastet!
Martha, sagte der Bruder. Du weißt genau, wie eingespannt ich damals war, die Aufnahmen, die Tourneen! Das war meine große Zeit, die musste ich nutzen!

Die musstest du nutzen!, rief Jens' Mutter, um mit irgendwelchen Schlampen auf irgendwelchen Inseln abzuhängen, du Popstar!
Sie schwiegen.
Mama, ich muss los!, rief Jens. Martha sah auf die Uhr. Ach ja! Ist dein Fahrrad wieder ganz?
Onkel Bernd hat's repariert, vorhin, als du einkaufen warst.
Wo willst du hin?, fragte der Onkel. Zum Schützenverein!, rief Jens und war aus der Tür. Ach so!, sagte Bernd und sah seine Schwester an.
Na und?, sagte Martha. Das ist in kleinen Städten so: Fußball, Pfadfinder, Feuerwehr, Schützen, Musikverein. Da lernen sie wenigstens, was Gemeinschaft bedeutet. Besser als alleine vor dem Bildschirm mit diesen Ballerspielen, Worms und wie sie heißen.
Ist er auch Messdiener?, fragte Bernd.
Nee, sagte Martha. Nicht mehr. Der Pastor ist mir einen Tick zu nett.

Geflügel

Als die Hühner noch Achselhaare hatten, mussten sie die Bauern regelmäßig um Rasierklingen bitten. Die meisten Bauern sagten früher oder später nein. Es war ihnen egal, wie die Hühner aussahen. Dann mussten die Hühner, welche sich nur rasiert ausstehen konnten, in eine Drogerie tapern, um Eier gegen Klingen zu tauschen. Wenn sie keine Eier hatten, mussten sie dem Drogeriebesitzer etwas vorsingen, meistens IM WALD DA SIND DIE RÄUBER. So taten es auch einmal im August vor vielen Jahren die weißen Hennen Henni und Penny.

Als sie fertig waren, wollte der Drogeriebesitzer noch ein Lied hören. Da die beiden, wie die meisten Hühner, nur ein Lied kannten, sangen sie noch einmal IM WALD DA SIND DIE RÄUBER.

Nee, sagte der Drogeriebesitzer. Ein Lied für zwei Klingen, das ist mir zu billig. Entweder ihr singt jetzt noch ein anderes Lied, gern was von den Pet Shop Boys oder Metallica, oder ihr kommt noch mit zu mir nach Hause. Während er das sagte, ging er zur Tür und schloss sie ab. 18 Uhr 30. Ladenschluss! Die Hühner saßen in der Falle! Sie sangen zwar noch schnell was Selbstkomponiertes wie KEIN HAHN HAT HÜHNERAUGEN, doch das ließ der Mann nicht gelten. So was Blödes zählt nicht, meinte er nur und stopfte die Hühner in eine Schlecker-Tüte.

Während der Autofahrt überlegten die Tiere fieberhaft,

wie sie sich gegen den vermeintlichen Hühnerficker zur Wehr setzen könnten, aber nichts fiel ihnen ein. Was können zwei schwache Hühner gegen so einen Kerl schon ausrichten, jammerte Penny. Immerhin, sagte Henni, sind wir zwei gegen einen. Er kann nur eine von uns packen, und dann muss die andere ihn attackieren, am besten beide Augen auspicken und ganz schnell das Gehirn aussaugen, das macht ihn impotent. Bist du dir sicher?, fragte Penny. Sicher nicht, antwortete Henni. Aber weißt du was Besseres?

Penny schüttelte den Kopf, was in der engen Tüte gar nicht so einfach war. Da öffnete sich der Kofferraum. Sie wurden in ein Haus getragen und auf dem Boden abgestellt.

Susanne!, rief der Mann. Ich hab zwei Hühner mitgebracht. Die können wir am Sonntag braten!

Warum lassen wir sie nicht auf unserer Wiese herumlaufen?, fragte die Frau. Dann haben wir immer frische Eier.

Ja, sagte der Drogeriebesitzer. Gute Idee! Ich muss dann nur einen kleinen Stall bauen. Machst du doch gerne, so was!, rief die Frau. Lass mal sehen! Der Mann holte Henni und Penny aus der Tüte. Sehr schön!, sagte die Frau. Sind sie denn unter den Achseln auch schön rasiert? Nein, sagte der Mann. Deswegen waren sie im Laden. Aha, sagte die Frau. Das machen wir dann gleich morgen früh! Wie heißt ihr denn?

Die Hühner sagten ihre Namen und durften in der ersten Nacht auf alten Kleidern in der Waschküche übernachten. Nicht alle Menschen sind schlecht.

Die Heilgarage

Einmal, als ich mein Auto in die Garage fahren wollte, war sie voller Leute. Ich rief: Raus! Sie rührten sich nicht. Ich rief: Raus, sonst rufe ich die Polizei!
Eine ältere Frau trat auf mich zu und sagte: Wir haben ein Recht darauf, hier zu sein. Nein, rief ich entschlossen. Das haben Sie nicht! Dieses Haus und diese Garage gehören mir. Ich habe sie gekauft!
Mit dem Geld der Bank!, rief ein älterer Mann.
Das geht Sie gar nichts an, sagte ich. Raus! Aber schnell! Sonst hol ich Tränengas!
Wir haben ein Recht darauf, hier zu sein, wiederholte die ältere Frau. Ihre Garage besitzt eine hohe Heilkraft! Ich musste lachen. Wie bitte? Wollen Sie mir weismachen, dass ich der Besitzer einer Heilgarage bin?
Eben nicht, sagte eine jüngere Frau, die ein altertümliches, hellblaues Gewand trug. Ihnen gehört die Garage, die Heilkraft aber gehört uns allen.
Sind Sie krank?, fragte ich spontan.
Wir alle hier, sagte die Frau, leiden unter depressiven Verstimmungen unterschiedlichster Ausprägung. An diesem Ort erhellen sich unsere Gemüter, Ihre Garage heitert uns auf! Sie lächelte seltsam.
Mir wurde die Absurdität dieser Situation immer bewusster. Wie kamen diese mindestens zwanzig Verrückten in meine Garage?

Die ältere Frau schien meine Gedanken erraten zu haben und sagte: Nicht jede Garage ist eine Heilgarage! Also wundern Sie sich bitte nicht, dass wir ausgerechnet in Ihrer stehen.
Ich dachte daran, die Polizei zu rufen. Aber was hätte ich sagen sollen? In meiner Garage stehen mindestens zwanzig geistig Verwirrte und lassen sich von ihr aufmuntern? Und bei ihrer Beharrlichkeit hätte man die Verrückten höchstwahrscheinlich unter Körpereinsatz wegschaffen müssen, diese Vorstellung war mir zu unangenehm. Ich konzentrierte mich auf meine Atmung und überlegte: Es war kein Traum. Diese Leute gab es wirklich. Wie sind Sie überhaupt auf's Grundstück gelangt?, fragte ich automatisch.
Wir sind über den Zaun gestiegen, sagte ein junger Mann. Der ist ja schön niedrig. Er lächelte.
Seltsamerweise war ich nicht mehr aufgebracht, ich war erstaunlich ruhig und sah die Menschen vor mir stets wohlwollender an. Also, sagte ich schließlich, passen Sie auf! Wenn Sie ohne meine Garage nicht leben können, dann kommen Sie doch während meiner Arbeitszeit her, täglich zwischen 8 und 16 Uhr in etwa, was halten Sie davon? Zustimmendes Gemurmel. Aber die Wochenenden!, rief eine junge Frau. Was ist mit denen? Gerade an den Wochenenden fühle ich mich oft so elend! Zustimmendes Gemurmel.
Also, hören Sie mal!, rief ich. Jetzt bin ich schon extrem entgegenkommend, und Sie wollen immer noch mehr. Das ist meine Garage! Ja, eben, sagte die ältere Dame von vorhin. Gerade weil es Ihre Garage ist, besitzen Sie damit auch die Verantwortung für ihre optimale Nutzung. Besitz verpflichtet! Verstehen Sie doch, wir brauchen sie!

Jetzt hatten alle etwas Flehendes im Blick, ich kam mir unerbittlich vor. Wäre es denn so schlimm, fragte die Frau in Blau, wenn Ihr Wagen an den Wochenenden im Freien stünde, tagsüber wenigstens? Es gibt auch viele Menschen ohne Behausung auf der Welt, davon geht ein Auto nicht kaputt. Ihre Stimme hatte etwas Warmes, ungeheuer Ansprechendes. Was geht hier ab?, dachte ich nur. Hat mir jemand etwas ins Essen getan? Ist der Erdmagnetismus außer Kontrolle geraten? Lassen Sie mich eine Nacht über die Sache schlafen, schlug ich vor. Ich möchte nichts überstürzen.

Sie stimmten alle zu und gingen friedlich fort. Ich schloss das Garagentor und ging ins Haus. Meine Frau war verreist, die Kinder aus dem Haus. Ich rief meinen besten Freund Donald an. Er war nicht überrascht. Du arbeitest zu viel, sagte er nur. Du kriegst wohl gar nicht mehr mit, was auf der Welt passiert. Kein Fernsehen, keine Zeitungen – das kommt davon!

Was meinst du?, fragte ich verwirrt.

Die Heilkraft der Abstellräume war ein Riesenthema in den Medien, den ganzen Juli über, sagte Donald. Das hätte dich als Physiker doch interessieren müssen. Er lachte höhnisch. Das machte mich wütend. Hey, Donny!, rief ich. Auch mein Leben dreht sich nicht nur um Teilchenbeschleuniger! Verdammt!

Beschleunigen, zertrümmern, beschleunigen, zertrümmern, sang Donald wie ein Kinderlied. Hör auf damit!, rief ich genervt. Ich weiß, dass du der ach so kriegerisch-männlichen Methode unserer Forschungen kritisch gegenüber stehst, aber sag mir lieber, wie ich die Verrückten loswerde!

Ach, lass sie!, sagte Donald. Spätestens im November werden ihre Depressionen so stark, dass ihnen deine Garage auch nicht helfen kann. Das war eine klare Antwort! Wir verabredeten uns für die folgende Woche zum Angeln.

Jetzt ist Ende März. Donald lag falsch. Sie haben den ganzen Winter über die Garage frequentiert, und hin und wieder sehe ich nach ihnen. Sie sind wirklich sehr nett, und wie sie mir erzählten, haben sich etliche Paare gefunden, einige sogar dauerhaft. Sie werden demnächst zu einer Hochzeit eingeladen, sagte die Frau in Blau vorgestern. Erst wollte ich NICHT NÖTIG sagen, doch ich ließ es. Erstens aus Höflichkeit und zweitens, weil ich dachte: Das ist auch mein Glück, irgendwie.

Vorfrühling

Ich bin mit meinem Leben sehr zufrieden, sagte Reinhold. Wenn ich an all die interessanten Leute denke, denen ich bis jetzt in meinem Leben begegnet bin, habe ich ein Gefühl von großer Dankbarkeit.
Interessante Menschen, sagte Lydia, was sind denn interessante Menschen? Reinhold überlegte.
Leute, die ihren Traum verwirklicht haben, sagte er und tauchte seine Madeleine in den schwarzen Kaffee. Mandy verzog ihr Gesicht. Wie kannst du dir nur immer dieses getunkte Zeug reinziehen?
Das hab ich von meiner Mutter, sagte Reinhold. Die macht das auch. Hat deine Mutter ihren Traum verwirklicht?, fragte Lydia. Reinhold trank den Kaffee aus. Ich glaube schon. Sie hat geheiratet, ein Haus gebaut, Kinder bekommen. Das war ihr Traum.
Und?, fragte Lydia. Ist sie ein interessanter Mensch?
Ach, Lydia!, sagte Mandy. Ich habe den Eindruck, du willst uns manchmal missverstehen. Du weißt doch, was Reinhold meint. Sie schaute in ihre Tasse und warf zwei Zuckerstücke rein. Was denn?, fragte Lydia.
Er meint sicher Menschen, die aus einer beschränkten Lebenssituation aufbrechen und ihren Weg gehen, oder? Reinhold nickte. Ja, natürlich. Immer musst du stänkern, Lydia! Weil du so selbstzufrieden bist!, rief Lydia. Wenn ich das schon höre! Ich bin mit meinem Leben sehr zu-

frieden! Wegen der interessanten Leute! Die kenn ich auch! Rücksichtslose Egomanen und überspannte, nervöse Zicken, dieses ganze vermurkste Schauspielerpack, das nennst du interessant!

Lydia, bitte!, rief Reinhold. Diese Theaterallergie ist dein persönliches Problem. Wer zweimal auf mittelmäßige, pseudoavantgardistische Bühnenaktivisten hereinfällt, ist irgendwie auch selber Schuld.

Ja, sagte Mandy, da hat Reinhold recht!

Mandy, sagte Lydia und zog den Namen in die Länge. Määndiee! Wo hast du bloß diesen Scheißnamen her?

Woher schon?, sagte Mandy. Weißt du doch. Barry Manilow. Lydia ist auch nicht besser! Fängt an wie Lyrik und hört auf wie Dialyse. Oder Diavortrag.

Oder Dialog, sagte Reinhold. Ist das Aldi-Kaffee?

Ja, sagte Mandy. Er heißt Markus. Ist das nicht ein toller Name für einen Kaffee?

Stellt euch vor, sagte Lydia, Aldi hätte vier Sorten Kaffee, und jede wäre nach einem Evangelisten benannt! Alle lachten.

Wär geil, sagte Reinhold, aber wegen Matthäus hätte es sicher Ärger gegeben. Wie?, fragte Lydia. Meinst du diesen, na – ich komm nicht drauf. Lothar, sagte Mandy. Ja, Lothar Matthäus, sagte Lydia. Meinst du, der hätte klagen können? Sind doch ganz verschiedene Bereiche, Lebensmittel und Fußball.

Was ist mit deiner Erbschaft?, fragte Reinhold. Willst du immer noch die Patenschaft für das Dorf in Afrika übernehmen?

Nein, sagte Lydia. Ich hab's mir anders überlegt. Ich finde, wir Weißen sollten uns endlich aus Afrika heraushalten.

Dieser Kontinent muss sich selbst ordnen, sonst wird das nie was. Ich unterstütze Ärzte ohne Grenzen und andere humanitäre Organisationen, aber ein einzelnes Dorf, ich weiß nicht. Das weckt doch nur Begehrlichkeiten.
Kann sein, sagte Mandy. Ja, sagte Reinhold, man sollte nicht zu viel wollen. Das macht zufriedener.
Du kannst ja auch zufrieden sein, sagte Mandy. Du hast eine klasse Frau, drei Kinder, Karriere gemacht.
Was will man mehr!, rief Lydia. Ich kotz gleich ab! Sein beruflicher Erfolg und seine intakte Familie können doch nicht darüber hinwegtäuschen, dass wir einer Versagergeneration angehören. Womit haben wir die Menschheit bereichert?
Menschheit!, rief Reinhold. Geht's nicht ein bisschen kleiner? Hast du Pralinen?, fragte Mandy. Twix, sagte Lydia und ging zum Schrank. Sie gab Mandy die ganze Packung. Danke, sagte Mandy. Ich finde auch, du übertreibst mit deinen Ansprüchen, Lydia. Man kann Amerika nicht zweimal entdecken!
Doch!, rief Lydia. Jede Generation hat ihr Amerika, aber von uns ist niemand losgesegelt. Doch, sagte Reinhold. Denk an Bill Gates, denk an die Umweltbewegung! Du bist ein typisches Kind des zwanzigsten Jahrhunderts! Du bist totalitär verseucht! Immer muss es der große Entwurf sein! Aber das wahre Leben spielt sich im Alltag ab. Du hast dein Leben nicht im Griff und willst die Massen beglücken! Womit denn, bitte? Dieses diffuse Wollen, ohne zu wissen, was, ist völlig unproduktiv. Das schafft auch keine Arbeitsplätze. Hört auf zu streiten, bat Mandy. Ihr redet doch nur aneinander vorbei! Reinhold ist glücklich mit dem, was er erreicht hat, und Lydia sieht all die

unglücklichen Menschen und möchte ihnen helfen. Eben, sagte Reinhold. Helfersyndrom. Typischer geht's nicht! Aber die Leute sind gar nicht so unglücklich wie Lydia! Die fahren auf all die Sachen ab, die ihr so wenig bedeuten! Auf die Autos, die Handys, die DVDs, auf Urlaub, Porno, Fußball und Sonderangebote. Die finden auch das Fernsehprogramm klasse. Für die gibt's jede Menge Sender. Die segeln jeden Morgen los und freuen sich!

Auch die fünf Millionen Arbeitslosen?, fragte Lydia.

Auch die!, rief Reinhold. Verlass dich drauf, auch die!

Und Ziele?, fragte Mandy.

Wie, Ziele?, fragte Reinhold.

Ich finde Ziele wichtig, meinte Mandy. Die geben dem Leben eine Richtung, findet ihr nicht? Reinhold sah in die leere Tasse. Ja, schon, sagte er. Aber was heißt schon Richtung? Jeder lebt nach vorn. Oder gibt es Leute, die rückwärts leben? Sein Handy klingelte. Simon! Besorgt hörte er zu. Na, klar. Ich bin gleich da!

Am Rathaus 8, O.K.! Tut mir leid, sagte Reinhold. Ich muss los. Unser Großer ist beim Blutplasmaspenden ohnmächtig geworden, ich muss ihn abholen. Blutplasma?, fragte Mandy.

Ja, sagte Reinhold. Er bessert damit sein Taschengeld auf. Nun guck nicht so, als wär's 'ne Samenspende! Ist doch 'ne prima Sache, hilft Leben retten! Also, auf bald! Er küsste beide Frauen links und rechts auf die Wangen und war weg. Lass uns Federball spielen, schlug Lydia vor. Jetzt?, fragte Mandy. Es ist noch Februar! Ja, sagte Lydia. Aber total windstill. Los, ich hol die Schläger!

Der allerletzte Samurai

Der allerletzte Samurai hatte die Apothekenrundschau ausgelesen und sich eine Selbstgedrehte angesteckt. Er blickte durch die schmutzigen Scheiben auf die Straße und sagte zu sich selbst: Ich werde nach Polen fahren und mir eine Frau erkämpfen! Was willst du?, rief seine alte Mutter aus der Küche.

Nach Polen fahren und mir eine Frau erkämpfen, rief der Samurai. Warum fährst du nicht nach Kreuzberg und erkämpfst dir eine hübsche Türkin mit Kopftuch? Die find ich so adrett!

Mutter!, rief der Samurai. Die Frau muss mir gefallen, nicht dir!

Mir auch!, schrie die Mutter, schon leicht hysterisch. Mir auch, sonst kann sie nicht hier wohnen! Und eine verlogene Katholikin kommt mir nicht ins Haus! Hörst du, Sam?

Ja, Mutter, sagte der Samurai. Ich weiß, wie du tickst. Aber die Katholiken sind nicht mehr so verlogen wie früher, die Konfessionen haben sich angeglichen!

Glaub ich nicht!, rief die Mutter. Du bist zu gutgläubig, auch den Medien gegenüber. Hast du vergessen, wie wir letztes Jahr in Köln betrogen wurden?

Ach Mutter, sagte Sam. Betrüger gibt es überall auf der Welt, und Frankfurt ist schlimmer als Köln. Frankfurt ist krimineller!

Wegen der Ausländer!, rief die Mutter. Ausländer sind schlimmer als Katholiken, das ist wahr.
Und da soll ich nach Kreuzberg fahren und mir eine Türkin mit Kopftuch erkämpfen? Sind Türken keine Ausländer?
Nicht alle!, rief die Mutter. Nur die Kriminellen.
Der allerletzte Samurai drückte die Zigarette aus. Er ging in sein Zimmer und kam schon bald zurück. Wo ist mein Laserschwert, Mutter?
Unter deinem Bett, wo sonst?
Da ist es nicht.
Ach ja! Jetzt fällt's mir ein! Dein Vater hat es sich ausgeliehen. Er hat Streit mit der Familie seiner Freundin, Erbschaftskram.
Und da gibst du ihm das Laserschwert? So unbeherrscht wie er ist!
Er hat es sich genommen, sagte die Mutter. Was sollte ich tun? Du warst beim Friseur, und er ist stärker als ich.
Ich fahre sofort hin!, rief der allerletzte Samurai und holte sein Fahrrad.
Die Freundin machte auf. Wo ist Vater?, fragte er außer Atem. Komm doch erst mal rein, sagte die Freundin. Ich hab mir gerade die Wanne vollgemacht, willst du mit mir baden?
Bitte, Lisa, sag mir, wo Vater ist!, rief Sam.
Er besucht Verwandte, sagte Lisa lächelnd und griff dem allerletzten Samurai mit viel Gefühl in den Schritt. Komm, Sam! Das Wasser wird kalt. Sam riss sich los. Sag mir die Adresse!
Sie wohnen in Hamburg, Sam. Dein Vater ist schon ganz früh losgefahren. Aber mach dir keine Sorgen. Er will

ihnen nur Angst einjagen. Liebst du mich denn gar nicht mehr?
Doch, sagte Sam und hielt sich grinsend das stramme Glied. Aber wenn er mit meinem Schwert eine Dummheit macht, kann ich die Showlizenz verlieren! Da klingelt mein Handy!, rief Lisa und rannte ins Wohnzimmer. Sam folgte ihr bedächtig.
Tot? Lisa setzte sich. Herzinfarkt. Ja, ja. Sie legte das Handy zur Seite. Er ist tot. Herzinfarkt!
Du hast ihn in den Tod getrieben, sagte Sam.
Und wenn schon, sagte Lisa. Alles hat seinen Preis! So alte Knacker können von viel jüngeren Frauen keinen ruhigen Lebensabend erwarten. Entweder – oder. Sam weinte. Wie herzlos du bist! Nun weinte Lisa auch. Ich bin nicht herzlos, schluchzte sie, nur realistisch. Er hat ein gutes Leben gehabt. Und einen schönen Tod. Wer stirbt denn schon so schnell ohne Fremdeinwirkung mit einem Laserschwert in der Hand. Das ist doch wie im Film, das ist doch glamourös! Willst du mich heiraten, Sam? Sie reichte ihm ein Tempo. Er schneuzte sich. Mutter würde durchdrehen.
Wir müssen es behutsam angehen, meinte Lisa. Nichts überstürzen! Ich werde ab sofort ein Kopftuch tragen. Das gefällt ihr, oder? Sam nickte. Aber nach dem Mann auch noch den Sohn an dich zu verlieren, das wird sie nicht verkraften. Ach, die ist zäh, sagte Lisa. Und wohnen kannst du weiter bei ihr, das macht mir gar nichts aus. Sie zog sich an. Wir fahren gleich zu ihr. Das Wasser ist sowieso kalt.

Die Wasserschlacht

Der Lustwandler Didi K. hatte an einem herrlichen Herbsttag auf einem Friedhof mit einem ihm unbekannten Toten Zwiesprache gehalten. Der Tote, ein Schreiner polnischer Abstammung namens Adam C., meinte, Polen hätte Deutschland bei der WM 1974 sicher geschlagen, wenn der Platz damals in Frankfurt nicht unbespielbar gewesen wäre. Und dabei war Lubanski, unser großer Star, nicht mal dabei!, fügte er noch hinzu.
Ja, gab Didi K. zu. Das Wetter hatte uns Deutschen im 54er Finale ja auch schon krass geholfen. Aber so ist das im Sport: Nicht immer gewinnt der Beste, man braucht auch Glück, genauso wie im Leben. Was quatscht ihr denn für banales Zeug?, mischte sich eine alte Frau ein. Das hier ist ein Friedhof! Wo bleibt die Pietät? Bloß weil du von Fußball keine Ahnung hast, musst du unser Gespräch nicht abqualifizieren, fuhr Didi K. sie an. Die Alte kam näher und beugte sich zu Didi, der auf der Grabsteinkante saß, hinunter. Sie sah ihm in die Augen und sagte: Tomaschewski, Gorgon, Deyna, Gadocha, Lato, Szarmach! Die hätten auch die Holländer im Finale geputzt, wenn wir den Platz in Frankfurt nicht geflutet hätten!
Was haben wir?, fragte Didi.
Ja, glaubst du denn an Zufälle?, rief die Alte. Amerikanische Wetterspezialisten haben damals dafür gesorgt, dass das Spielfeld eine einzige Pfütze war. Nach der Niederlage

im Gruppenspiel gegen die DDR sollten die Westdeutschen nicht auch noch gegen Polen eingehen.
Mein Gott!, rief Didi. Was redest du da?
Ach Gott!, sagte die Alte. Der hat doch mitgespielt! Und die Polen auch! Sie hätten nämlich trotz der irregulären Verhältnisse gewinnen können, so super waren die drauf! Aber Gott versprach ihnen, den nächsten Papst stellen zu dürfen, da sind sie eingeknickt. So kam es dann ja auch. Die Italiener waren zwar bockig und haben einen von ihren Leuten durchgesetzt, doch das hat Gott schnell korrigiert. So war das damals. Glaub ich nicht, sagte Didi. Gott hat was Besseres zu tun, als sich mit Fußball zu befassen. Er muss sich um die letzten Dinge kümmern!
Und das tut er!, rief die Alte. Denn Fußball ist das Allerletzte! Sie fing zu weinen an und schluchzte: Adam war mein Mann. Er ist damals vor dem Fernseher gestorben, nach dem Schlusspfiff. Herzinfarkt! Oh!, sagte Didi K. Das tut mir leid! Er stand auf und gab der alten Frau die Hand. Auf Wiedersehen! Lieber nicht, sagte die Frau. Hier ist kein Freizeitpark.

Verdammtes Glück

Ich kann es nicht verstehen!, rief Marion Zembski. Wir haben unseren Urlaub karibisch geplant, und jetzt sind wir auf einer unbewohnten Insel gelandet.

Wir haben unseren Urlaub akribisch geplant, Schatz!, korrigierte sie ihr Verlobter Hilmar Bartz. Du musst genauer sein! Wir sind auch nicht auf einer unbewohnten Insel gelandet, wir sind ausgesetzt worden!

Und warum?, fragte Marion. Haben wir irgendeinem irgendetwas Böses getan?

Nicht, dass ich wüsste, sagte Hilmar. Aber solche Gedanken helfen uns jetzt nicht weiter. Ich habe Hunger!

Schau mal!, rief Marion. Ist das da hinten nicht eine Deutschlandfahne? Tatsächlich!, rief Hilmar.

Sie liefen los und standen bald vor einem blonden Mann mit Handkarren. Haben Sie etwas zu essen?, fragte Hilmar auf Deutsch. Frischkäse, sagte der Mann, auch auf Deutsch.

Nur Frischkäse?, fragte Marion. Der Mann nickte.

Her damit!, rief Hilmar und schubste den Mann fort. Er öffnete die Klappe des Karrens: Goldbarren! Der Mann stand auf und zog eine Pistole aus der Hosentasche. Hände hoch!

Marion und Hilmar mussten sich hinsetzen. Der Mann pfiff auf fünf Fingern. Zwölf Wärterquallen kamen aus dem Meer und umzingelten das Paar. Rührt euch nicht

vom Fleck!, befahl der Mann und zog missmutig weiter.
Hilmar sah die Quallen an. Sprecht ihr auch deutsch?
Wir sprechen alle Sprachen, sagten die Quallen.
Dann könnt ihr uns bestimmt sagen, wo wir etwas zu essen finden, sagte Marion scheißfreundlich.
Im Meer, sagten die Quallen. Seid ihr giftig?
Wir? Giftig?, rief Hilmar. Wieso? Wollt ihr uns auffressen?
Er nahm Marion an die Hand, und ohne eine Antwort abzuwarten, sprangen die zwei Menschen über die Quallen hinweg und rannten weg vom Strand in den Dschungel hinein. Der war nicht echt.
Marion!, rief Hilmar. Den Dschungel kann man gar nicht anfassen!
Er ist ein Hologramm!, rief Marion. Mein Gott! Wo sind wir hier? Ist das noch die Wirklichkeit?
Frag mich was anderes, meinte Hilmar und kletterte auf einen Kirschbaum. Der ist ja echt!, staunten die beiden. Sie schlugen sich die Bäuche voll und flogen gegen Abend wie selbstverständlich übers Meer nach Hause. Es dauerte nur zehn Minuten.
Als sie die Wohnungstür aufschloss, sagte Marion: Wir sind superschnell geflogen, mir ist richtig schlecht davon.
Das war der schnellste Urlaub aller Zeiten, meinte Hilmar. Den vergess ich nie!
Kaum waren sie in der Küche, klopfte es an der Tür.
Hörst du das auch?, fragte Marion.
Ja, sagte Hilmar. Da klopft jemand superschlapp! Man hört es kaum.
Es waren die Quallen. Können wir reinkommen?
Hilmar wollte nein sagen, da lagen sie schon alle auf dem

Küchentisch. Wie habt ihr uns gefunden?, fragte Marion.
Hinterhergeflogen, sagten die Quallen.
Ihr seid Flugquallen?, staunte Hilmar.
Flugquallen, Wärterquallen, Lachquallen – was ihr wollt!
Seid ihr auch Geldquallen?, fragte Marion.
Natürlich!, riefen die Quallen. Toll, sagte Marion. Dann kaufen wir uns morgen einen schicken BMW!
Sie fuhren zum Autohändler. Als es um die Finanzierung ging, erklärten Hilmar und Marion, dass sie mit Quallen zahlen wollten. Gerne, sagte der Händler und rechnete die Euro-Summe in Quallen um. Macht 674 Quallen, sagte er schließlich. Wir haben nur zwölf, sagte Hilmar. Für zwölf gibt's nicht mal ein gutes Fahrrad, sagte der Händler und brachte die beiden zur Tür. Er schüttelte verärgert seinen Kopf. Einen BMW für zwölf Quallen! Leute gibt's! Wir müssen die Quallen züchten, sagte Marion. Dann können wir uns irgendwann alles leisten! Weißt du, wie die sich fortpflanzen? Nee, sagte Hilmar. Wir fragen sie mal. Doch als sie in die Wohnung kamen, waren die Quallen weg. War schön bei euch, hatten sie auf den Fernseher geschrieben. Sie hatten alle Möbel angeknabbert. Mist!, sagte Hilmar. Da denkt man morgens, bald einen BMW zu besitzen, und jetzt haben wir angeknabberte Möbel! Er öffnete zwei Flaschen Bier. Sie stießen an. Auf unser Glück!, rief Marion. Ja, sagte Hilmar, auf unser verdammtes Glück!

Pech im Glück, Spiel in der Liebe

Auf einer Straßenlaterne saßen zwei klitzekleine Nilpferde und sprachen über Amerika. Ohio find ich am besten, sagte das eine Nilpferd. Es war am Schwanz gepierct, und seine Ohren glänzten golden. Ohio! Wie das schon klingt! Ohio!
Ich find Feuerland am besten, meinte das andere. Da kann man durch die Nacht galoppieren und etwas trinken und dann weiter galoppieren und dann etwas trinken und dann wieder weitergaloppieren. Gibt es dort so viele Bars?, fragte das eine klitzekleine Nilpferd. Nein!, rief das andere. Man muss eine Trinkflasche mitnehmen! Die Rocky Mountains find ich auch gut!, krähte das eine. Kennst du die Rocky Mountains?
Die Rocky wie?
Die Rocky Mountains!
Ach die! Ja, kenn ich!
So ging das Gespräch noch eine ganze Weile, bis kurz vor Mitternacht eine City-Eule beide Nilpferde schnappte, eins links, eins rechts. Noch im Flug stopfte sie die beiden in sich hinein. Stell dir vor, sagte sie am Morgen zu ihrem Mann, heut' nacht hab ich zwei klitzekleine Nilpferde von einer Laterne gekratzt!
Wie schmecken Nilpferde?, fragte ihr Mann. Morastig?
Ja, ja! Genau!, rief die City-Eule. Da hab ich doch die halbe Nacht darüber nachgedacht und kam nicht drauf,

jetzt sagst du's einfach so! Hattest du auch schon welche? Nee, noch nie, sagte der Mann. Ich hab geraten.

Dann flogen beide Schrippen holen, dann flogen sie zum Fleischer gekochten Schinken und Salami kaufen, dann flogen sie zum Blutspenden. Die Ärztin sagte: Mein Gott! Ihr seid ja total vermenschlicht! Sie rief eine Assistentin, und sie packten die Eulen in eine ausgeschaltete Tiefkühlbox. Nach Feierabend betäubten sie die anmutigen Tiere, rupften sie und machten arrangierte Fotos von ihnen, die auf Kunstmessen für Furore sorgten, denn noch niemand hatte nackte Eulen in eindeutigen Posen abgelichtet.

Tierschützer empörten sich. Leben diese Tiere noch? Klar leben die noch!, erwiderte die Ärztin. Ich bin keine Killerin. Sie nahm die Tierschützer mit zu sich nach Hause. Und da saßen die Eulen mit Martinis vorm Fernseher und guckten Pokern. Geht's euch gut?, fragten die Tierschützer. Euch auch?, fragten die Eulen.

Holz und Stein

Drei Fensterbänke aus Granit lagen nun schon monatelang neben der alten Stadtvilla im Gras. Warum werden wir nicht eingebaut?, fragten sie Tag und Nacht. Ist die Baufirma pleite? Hat der Bauherr uns vergessen?

Hört auf mit eurer dämlichen Fragerei, sprach die hohe Tanne, unter der sie lagen. Es kann euch doch piepegal sein, wo ihr liegt, im Gras, am Fenster, wo ist der Unterschied?

Wir sind Fensterbänke, du Arschloch!, schrien alle drei. Fensterbänke! Keine Grasbänke, verstehst du? Wir wollen unsere Zeit nicht sinnlos am Boden verbringen!

Ihr seid ekelhaft grob und anmaßend, sagte die Tanne, versuchte aber dennoch den Fensterbänken zu imponieren und berührte mit ihrer Spitze ein parkendes Auto.

So was finden wir langweilig!, rief eine Fensterbank. Da müsstest du schon ein paar Menschen rumschubsen, um uns zu imponieren!

Ich schubse keine Menschen rum, sagte die Tanne. Ich finde Menschen großartig. Die Fensterbänke kicherten. Was soll denn an Menschen so großartig sein?, fragte eine. Die Menschen sind beweglicher als wir, sagte die Tanne. Sie gehen, wohin sie wollen. Das fasziniert mich sehr!

Uns nicht, sagten die Fensterbänke wie mit einer Stimme. Denn sie nehmen ihre Probleme überallhin mit. Probleme?, fragte die Tanne. Was ist das denn? Dummes

Holz!, riefen die Fensterbänke lachend. Menschen toll finden und dabei nicht mal wissen, was Probleme sind! Was sind denn Probleme?, fragte die Tanne. Sagen wir nicht!, riefen die Fensterbänke. Du bist sicher vierzig Jahre, oder? Die Tanne nickte mit allen Ästen.

Wenn du schon so lange nicht weißt, was Probleme sind, sagten die Fensterbänke, dann musst du es jetzt auch nicht wissen. Ach bitte!, rief die Tanne. Seid nicht so hart! Die Fensterbänke schwiegen. Es fing zu schneien an. Es schneit!, rief der Baum. Es schneit! Wisst ihr, dass keine Schneeflocke der anderen gleicht? Hast du alle verglichen?, fragte eine Fensterbank. Haut endlich ab!, rief die Tanne. Sucht euch eine andere Baustelle, hier ist kein Platz für euch!

Hoffentlich fällen sie dich bald, riefen die Fensterbänke. Hoffentlich fällen sie dich und schneiden dich in fette Stücke und machen Dart-Scheiben für Doofe aus dir, mit dicken, schwarzen Punkten in der Mitte und einer Aufhängung aus gelbem Nylontau!

Es schneite immer stärker. Die Fensterbänke waren bedeckt, die Tanne sah schon voll romantisch aus, und die Menschen stöhnten: Schon wieder Schnee! Sind nicht schon genug Dächer eingestürzt?

Neumondserenade

Zwei Enten aus Kassel saßen in Hannover am Lagerfeuer und sangen ohne Gitarre Johnny-Cash-Lieder. Da kam ein Schwan und trat nach ihnen. Er hasste Johnny Cash! Er trieb die Enten um das Feuer und versuchte, sie hineinzuschubsen, so böse war er. Plötzlich bremsten die beiden Verfolgten und reckten ihre betonierten Hinterteile. Der Schwan prallte mit voller Wucht auf sie und blieb bewusstlos liegen. Wie gut, dass wir unsere Hintern betoniert haben!, rief die eine Ente der anderen zu, und die andere sagte: Ja, super! Sie watschelten zum See und ließen sich am Ufer nieder, immer wieder, bis sie zufrieden waren.

Jolanda

Ich hatte auf einem alten Militärmantel mit Strohrum und Schneckensperma fünf fette Speckmaden gezüchtet, denen ich Kunststücke beibringen wollte.
Als Vorbereitung auf die eigentliche Dressur sollten sie die Rolle rückwärts üben, aber sie weigerten sich alle. Ohne Rolle rückwärts, sagte ich, kann ich nicht beurteilen, was ihr individuell bewegungstechnisch draufhabt. Und ohne eine solche Einschätzung brauchen wir gar nicht erst mit der Dressur anzufangen.
Wir wollen nicht dressiert werden, brummte die fetteste Speckmade. Bring uns einfach Speck, dann haben wir alles.
Glaubt ihr, Speck wächst auf den Bäumen?, rief ich.
Wo denn sonst?, fragten die Maden. Ich lachte. Habt ihr denn schon mal Speckbäume gesehen? Sie wollten wegrobben. Ich warf ein Einkaufsnetz über sie und beobachtete gleichgültig, wie sie sich verfingen. Ich wollte euch groß rausbringen, sagte ich enttäuscht. Wir sind Speckmaden, keine Tiger, sagte die längste Made. Kennst du keine Unterschiede?
Dressierte Tiger, entgegnete ich, sind nichts Besonderes. Man muss was Neues zeigen, immer etwas Neues, sonst kommt keiner.
Uns egal!, riefen die Speckmaden. Lass uns frei! Wir suchen uns eine Mülltonne, mehr brauchen wir nicht.

Glaubt ihr, ich habe euch gezüchtet, um euch freizulassen?, rief ich wütend und holte einen Spaten.
Oh je, er will uns zerstückeln!, rief die kleinste Made. Oh je! Er ist gewalttätig!
Da kam der Hund des Nachbarn. Er heißt Jolanda und frisst fast alles. Ich zog die Maden aus dem Einkaufsnetz und warf sie ihm hin. Gierig fraß er sie und wartete auf mehr. Ich sah ihm in die treuen, braunen Augen und zeigte meine leeren Hände.
Jolanda sagte: Du hast auch so treue, braune Augen.
Diese Jolanda! Wenn man einem Hund fünf fette Speckmaden schenkt, heißt das noch lange nicht, dass man mit ihm gehen will. Ich sagte ihm das auch sofort. Er zuckte nur die Achseln, was wohl heißen sollte: Man kann's ja mal versuchen!

Vater, Mutter, Kind

Am Sonntagvormittag hatte meine Frau einen Termin bei der Bank, denn die Bank unseres Jüngsten hat nur sonntags eine Stunde geöffnet. Nachdem sie den Bankraum, der zu anderen Zeiten als Spiel- und Schlafzimmer dient, betreten und am Schalter bzw. auf der Bettkante Platz genommen hatte, um die zum größten Teil kleinen Münzen des Bankdirektors gegen Scheine einzutauschen, überfiel ich als Zorro verkleidet das unbewachte Geldinstitut mit Degen und schwarzem Kryptonite-Fahrradschloss, das, richtig gehalten, eine prima Maschinenpistole hergibt.

Der Direktor versuchte den Überfall zu ignorieren, er kam ihm ungelegen. Dann äußerte er sich ablehnend und fuchtelte schließlich mit einem goldenen Schlüssel vor meinen Waffen herum. Das machte mich nervös. Einige Schüsse lösten sich aus dem Fahrradschloss, und meine Frau fiel tot und lachend rücklings aufs Bett. Ich fühlte mich nicht ernst genommen und ging frühstücken. Der Direktor sagte zu seiner Mutter: Besser ein toter Kunde als das Geld weg! Was haben wir bloß falsch gemacht?

Der schlechte Einfluss

Ich will nicht negativ wirken, sagte Ilona, aber das Leben ist die letzte Scheiße. Als Kind stirbt einem früh die Mutter, der Vater sucht sich eine Schlampe, die ihn zwei Jahre später mit seinem besten Freund betrügt. Nach den normalen Kinderkrankheiten und der nicht normalen Hautkrankheit, dem allergischen Asthma und den zudringlichen alten Männern kommt die miese Pubertät mit ihren Ängsten. Dann hast du dicke Titten, bist zum ersten Mal ungewollt schwanger, steckst die verschissene Schule, und irgendwann bist du geschieden und arbeitslos. Aber Ilona!, rief Jeremy. Du hast so schöne, braune Haare! Und deine Stimme mag ich auch. Sei du besser still, rief Lydia. Deine Biografie ist auch keine Bewerbungsmappe für den Sinn des Lebens! Oho!, rief Jeremy. Du gibst dir aber Mühe!

Ist mir so rausgerutscht, rief Lydia. Ist mir so rausgerutscht, sang sie und warf ein totes Eichhörnchen auf den Abfallwagen. Schon das dritte tote Eichhörnchen, wunderte sich Lydia. Vergiftet die hier jemand?

Ja, sagte Jeremy. Frau Vogel von nebenan. Sie heißt Vogel und sie liebt Vögel, und sie hasst Eichhörnchen, weil sie Nesträuber sind. Aber das geht doch nicht!, rief Lydia. Du kannst die Alte doch nicht einfach diese putzigen Tierchen vergiften lassen!

Lass ihr doch die Freude, meinte Jeremy. Täglich verhungern so viele Menschen, und du regst dich wegen ein paar

Eichhörnchen auf. Jeremy!, rief Johannes. Ich darf nicht einfach vergiften, was mir nicht gefällt. Gewisse moralische Standards müssen gelten, auch zwischen Mensch und Tier. Kommt, wir gehen mal hin! Er ging, Lydia hinter ihm. Er klingelte. Die alte Dame öffnete. Sie vergiften Eichhörnchen?, fragte Johannes. Haben Sie gedient?, fragte Frau Vogel. Johannes verneinte. Die Tür ging zu. Johannes klingelte erneut und noch mal. Die Tür blieb verschlossen. Komm, sagte Lydia, die Alte ist es nicht wert. Die Alte nicht, sagte Johannes, aber die Tiere. Es gibt hier wirklich viele Eichhörnchen, sagte Lydia.
Du meinst, zu viele?, fragte Johannes. Lydia zog ihn fort. Lass uns weiter aufräumen, komm! Johannes folgte ihr nur widerwillig. Ilona und Jeremy hockten auf Baumstümpfen und ließen ihre Arme zwischen den Beinen hinunterhängen. Macht ihr Pause?, fragte Lydia. Wir haben keine Lust mehr, sagte Jeremy. Sollen doch andere den Garten aufräumen! Warum sollten andere deinen Garten aufräumen?, fragte Johannes. Vielleicht macht es irgendwelchen Leuten Spaß, meinen Garten aufzuräumen, meinte Jeremy. Ich werde inserieren.
Spar dir das Geld!, rief Lydia. Niemand räumt fremde Gärten gratis auf. Wieso liegt hier auch so viel Müll? Ich find das nicht normal! Wie kommt das?
Wir haben letzte Woche ein Video gedreht, sagte Ilona. Eine wichtige Szene spielt auf einer Müllkippe, und da hatte Jeremy die Idee, aus seinem Garten eine Müllkippe zu machen.
Und warum geht ihr nicht gleich auf eine echte Deponie?, fragte Johannes. Zu groß, sagte Jeremy. Zu unpersönlich. Die Müllkippe im Video sollte etwas Intimes ha-

ben, verstehst du, etwas Eigenes, Privates. Versteh ich nicht, meinte Johannes. Was ist das für ein Film?
Mystisch, sagte Ilona, extrem mystisch. Ich spiele eine Prinzessin aus Ostdeutschland und Jeremy einen interesselosen Meteorologen, auch aus Ostdeutschland. Wie blöd!, rief Lydia. Und die Geschichte? Geschichte?, fragte Jeremy. Meinst du, was passiert?
Lydia setzte sich auch auf einen Baumstumpf und schüttelte den Kopf. Es ist furchtbar, Jeremy, sagte sie sehr ernst. Es ist furchtbar, wie tumb du geworden bist. Das kann nur Absicht sein. Johannes suchte sich auch einen Baumstumpf. Wieso sind hier so viele Bäume abgeholzt? Kannst du dir doch denken!, schnauzte Lydia ihn an. Eine Müllkippe unter Bäumen, wie sieht das denn aus?
Ist das wahr?, rief Johannes. Habt ihr die Bäume für den Film gefällt? Ja, sagte Jeremy. Das Holz hab ich verschenkt. Antworte bitte!, rief Lydia. Warum bist du so doof geworden? Liegt es an Ilona? Früher warst du ein aufgeweckter Kerl mit klaren Vorstellungen vom Leben. Und neuerdings fickst du zu Wagner-Musik und drehst mystische Filme, für die du deinen Garten in eine Müllkippe verwandelst. Es muss an Ilona liegen!
Sie sah Ilona an. Ich weiß nicht, sagte Ilona. Wenn du neidisch bist auf unseren Film, kannst du doch mitspielen, oder Jeremy? Klar, kann sie, sagte Jeremy.
Nein danke, sagte Lydia. Ich hab schon Hobbys! Sie stand auf. Kommst du mit, Johannes? Er nickte.
Macht's gut, ihr beiden!, riefen sie wie einstudiert.
Ha!, lachte Jeremy. Habt ihr das einstudiert?
Was dagegen?, fragte Johannes gereizt.
Nein, sagte Jeremy. Kann jeder einstudieren, was er will.

Liebes Tagebuch

Heute habe ich in der U-Bahn einen Jugendlichen zurechtgewiesen. Er hatte unsere Bundeskanzlerin in einem Gespräch mit seinem Begleiter laut und deutlich eine Kartoffel genannt.

Ich fragte ihn unverzüglich, was denn unsere Kanzlerin mit einer Kartoffel gemein habe. Die Art, sich zu bewegen, erwiderte er dummdreist. Die Art zu sprechen, die Art zu gucken, die ganze Art eben, rief er, wahrscheinlich sei Frau Merkel sogar Sternzeichen Kartoffel. Ich war fassungslos und schlug sofort zu.

Er prallte mit dem Hinterkopf gegen die Scheibe. Ich packte seine blutige Unterlippe und zog sie runter bis zum Boden, dann schubste ich ihn fort. Er rutschte über den Boden und stieß gegen mehrere Unterschenkel, die reflexartig nach ihm traten. Pfui, junger Mann!, rief eine ältere Dame. So spricht man nicht über Respektspersonen! Sagt zu Ihnen wegen Ihrer Akne jemand Pizzafresse? Der junge Mann nickte eingeschüchtert. Na!, rief die Alte. Sie sind ja auch keine Respektsperson!

Die U-Bahn hielt an, und der junge Mann wollte aussteigen. Ich hielt ihn fest. Entschuldigen Sie bitte, murmelte er. Es tut mir leid, wenn ich Ihre Gefühle – Ich unterbrach ihn: Staatsbürgerlichen Gefühle. Es tut mir leid, wenn ich Ihre staatsbürgerlichen Gefühle verletzt habe, sagte er. Soll nicht wieder vorkommen.

Als sich die Tür am nächsten Bahnhof wieder öffnete, ließ ich ihn gehen. Einige Fahrgäste kamen zu mir und drückten ihre Genugtuung über meine spontane Geste aus. Wehret den Anfängen!, rief ein älterer Herr und erzählte, wie er unter der Regierung von Dr. Helmut Kohl jahrelang darunter gelitten hatte, dass der Bundeskanzler als Obst verspottet worden war. Eine junge Frau ermutigte mich, weiter so couragiert für unseren Staat und seine Repräsentanten einzutreten. Wird höchste Zeit, dass mal jemand für diesen Staat eine Lanze bricht! Er ermöglicht so vielen ein angenehmes Dasein, da muss man auch mal was zurückgeben! Ich lächelte. Ich fühlte mich verstanden. Weiter so!, rief eine andere Frau beim Aussteigen und schüttelte die Faust. Ich war gerührt.

Als ich später im heute-journal die Kanzlerin sah, verglich ich sie unwillkürlich mit einer Kartoffel, und obwohl ich mich bis zum Einschlafen vehement gegen diesen bösen Gedanken wehrte, war er da. Und nun befürchte ich, na ja ... Viele Menschen machen sich keine Vorstellung davon, wie gefährlich es ist, etwas in die Welt zu setzen, zum Beispiel so einen Vergleich. Ich habe für das Ansehen der Bundeskanzlerin gekämpft, doch Worte sind oft mächtiger als körperliche Kraft. Gute Nacht.

Holz für Anna

Ich hatte eine SMS von Micha erhalten: Machstnso? Ich rief ihn an und sagte: Du kannst gerne vorbeikommen und mein Auto waschen, wenn dir langweilig ist. So langweilig ist mir auch nicht, meinte er. Ich komm mal rum!
So langweilig ist mir auch nicht, sagte ich.
Wie meinst du das denn?, fragte er aufgeschreckt.
Du kannst gerne rumkommen, sagte ich, aber ich muss Holz hacken. Ich habe einige kleinere Bäume gefällt und möchte für Anna Kaminholz machen.
Für Anna?
Ja, sagte ich. Für Anna. Sie ist zu ihrem neuen Freund gezogen, der hat ein Haus mit offenem Kamin.
Du willst für den offenen Kamin des neuen Freundes deiner Ex-Frau Holz hacken?
Ich hacke Holz für Anna, erwiderte ich, für niemand sonst. Also, kommst du nun mein Auto waschen?
Ich wasch auf keinen Fall dein Auto!, rief Micha. Wie kommst du bloß auf die Idee?
Na, sagte ich, bevor du nur noch vor der Glotze hängst oder im Internet vergammelst, kannst du auch ein bisschen Glanz verbreiten. Glanz verbreiten, wiederholte Micha langgezogen. Mach du mal!
Er kam dann doch vorbei und half mir, die Stämme in handliche Stücke zu sägen. Nach einer Stunde machten wir Pause. Wir gingen an den Fluss und schauten auf das

Wasser. Beruhigt mich immer total, meinte Micha. Flüsse sind das Beste, nach Frauen. Aber einfacher. Es gibt auch einfache Frauen, sagte ich. Wir schwiegen. Wenn jetzt ein Schiff vorbeikommt, das Gabelung heißt, flipp ich aus, sagte Micha. Gabelung?, fragte ich. Das ist doch kein Name. Ja, eben!, rief Micha. Das wär doch grad das Irre, wenn ein Schiff so heißen würde!

Ja, irre, sagte ich.

Dann kam ein Schiff, das Gaby hieß, Gaby mit Ypsilon!

Micha hüpfte über das Ufer und schrie: Ja, ja, ja! Das lass ich gelten!

Was hast du?, fragte ich. Es heißt Gaby, nicht Gabelung.

Das gilt!, rief er. So knapp vorbei ist nicht daneben!

Ich sah wieder auf den Fluss und sagte: Doch. Du musst wieder was tun, Micha. Dieses Rumhängen tut dir nicht gut. Was macht denn dein Roman?

Hab ich aufgegeben, sagte er. Die Figuren interessieren mich nicht wirklich.

Dann nimm doch andere. Er schüttelte den Kopf. Ich kann mir zur Zeit keine interessante Figur vorstellen, du vielleicht? Klar, sagte ich, die muss ich mir gar nicht vorstellen. Die gibt's doch jede Menge. Wo denn?, fragte Micha.

Anna, zum Beispiel, sagte ich. Sie ist so ein toller Mensch! Wie konsequent sie der heutigen Coolness ihre unbedingte Herzenswärme entgegensetzt und wie vertrauensvoll sie anderen begegnet, als wüsste sie es nicht besser.

Sie wird böse enden, meinte Micha. Die verausgabt sich, das sag ich dir. Was ist ihr Neuer denn für einer?

Ex-Fußballprofi.

Spielt er noch?
Ich schüttelte den Kopf. Kaputte Knie.
Ach, du Scheiße!, rief Micha. Einer mit kaputten Knien!
Was macht er denn jetzt?
Er verkauft Autos.
Also wir sägen Holz für einen Autoverkäufer mit kaputten Knien? Wir sägen Holz für Anna, sagte ich. Los, komm!
Wir hackten, bis es dunkel wurde. Bringst du es ihr vorbei?, fragte Micha. Ich sagte: Nein. Sie holt es irgendwann ab.

Die Revolution

Als Lennart Hausmann aus dem Haus trat, strich ihm der Wind wie eine Katze um die Waden. Ist das eine Katze?, dachte Lennart und blieb stehen. Ach, nein! Es ist der Wind! Aber wie seltsam! Er weht nur da unten. Lennart sah hinauf zur Tanne, die das Haus noch überragte. Kein Zweig bewegte sich.

Hey, Lennart!, rief Corinna von der Tann, die zufällig vorbeikam. Wie wär's mit einer kleinen Revolution?

Was meinst du mit Revolution, Corinna?, fragte Lennart. Willst du die Waffenproduktion auf der ganzen Welt stoppen? Willst du die Banker und Börsenmakler einschläfern und korrupte Wirtschaftsbosse und Politiker sowie hinterhältige, gemeine kleine Leute an den Pranger stellen und sie so lange quälen, bis sie MAMA so hoch wie Heintje singen?

Heintje?, fragte Corinna. Die kenn ich nicht. Ich meinte eine kleine Revolution, nichts Gewalttätiges. Ich dachte an einen einzigen, leidenschaftlichen Kuss, so im Vorübergehen. Was meinst du?

Aber wir sind doch gar nicht befreundet, wandte Lennart ein. Wir kennen uns nur flüchtig von der Konfirmation.

Das ist ja das Revolutionäre!, rief Corinna.

Sie zog Lennart an sich und küsste ihn so leidenschaftlich unter das von ihr aus gesehen linke Auge, dass der Gym-

nasiast am nächsten Tag dort einen fetten Knutschfleck hatte.
Das ist ja wohl die dööfste Revolution, die ich je erlebt habe, dachte er am Morgen vor dem Spiegel und machte Mutters Make-up drauf.

Melvins Mutter

Melvin (8), ein Klassenkamerad unseres Jüngsten, hatte den Nachmittag bei uns verbracht. Es hatte immer wieder Streit gegeben, denn Melvin ist kein liebes Kind. Er ist aufbrausend, jähzornig, rechthaberisch, stur und neigt zu körperlichen Attacken.

Glücklicherweise ist unser Sohn etwas älter, größer und stärker, man kann sie alleine lassen.

Der verabredete Abholzeitpunkt verstrich, das kann ja mal passieren, dass irgendwas dazwischenkommt. Weil ich aber noch etwas vorhatte, rief ich nach einer halben Stunde bei Melvin zu Hause an. Zuerst war besetzt, dann nahm niemand ab. Ich versuchte es auf dem Handy. Auch nichts. Endlich gegen acht, die Kinder hatten schon Abendbrot gegessen, ging die Mutter ran. Ich fragte, ob ihr etwas dazwischengekommen sei. Sie kicherte. Oh, ja! Mir kommt oft etwas dazwischen, sagte sie mit anzüglichem Unterton. Sie war offenbar betrunken. Ich sagte: Gut, Frau Mesch, wenn Sie ihn nicht abholen können, bringe ich Melvin vorbei. Nein, danke, sagte die Mutter. Sie können ihn behalten. Wie bitte?, fragte ich. Ich will ihn nicht, sagte die Mutter. Ich wollte ihn noch nie, aber mein Mann – Ich unterbrach sie: Frau Mesch, also bitte! Melvin ist Ihr Kind, Sie müssen sich um ihn kümmern. Nee, sagte die Frau, muss ich nicht. Ist Ihr Mann da?, wollte ich wissen. Sie legte auf. Ich ging ins Arbeitszimmer meiner Frau, um die Sache mit ihr zu besprechen. Wenn die Alte besoffen ist, meinte meine Frau, sollte der Junge diese Nacht hierbleiben. Seine Schulsachen hat er doch hier, oder? Ich nickte. Und morgen ist die Mutter wieder nüchtern und holt ihn von der Schule ab. Wer weiß, was da los ist? Vielleicht eine Trennungsgeschichte. Ich nickte. Ja, gut.

Ich holte für Melvin eine Matratze aus dem Keller und legte sie neben das Bett unseres Sohnes. Ich las ihnen eine Geschichte vor. Gustav schlief ein, Melvin nicht. Gegen 23 Uhr stand er im Wohnzimmer und wollte nach Hause. Geht nicht, sagte ich. Die Eltern wären auf einer Feier, da müsse er bei uns übernachten, das wär so abgemacht. Gegen ein Uhr stand er an unserem Bett. Er zitterte.

Wir nahmen ihn in unsere Mitte, und irgendwann schlief er ein. Wir nicht. Ich brachte die Kinder morgens zur Schule und fuhr anschließend bei Meschs vorbei. Frau Mesch öffnete und entschuldigte sich sofort für ihr Verhalten. Ist mir das peinlich!, sagte sie und bat mich hinein. Sie bot mir einen Kaffee an. Wir setzten uns an den Küchentisch, und sie erzählte, dass sie sich gestern wegen ihres Mannes betrunken hätte. Er kommt nicht mehr zurück, sagte sie leise. Das steht seit gestern fest. Ich hab mir ja noch Hoffnungen gemacht. Aber gestern war seine Neue hier. Sie ist im dritten Monat. Ich schaute tief in den Kaffee. Das ist mir ja so peinlich, sagte sie. Ich trink sonst nie was, aber gestern ... Machen Sie sich keine Vorwürfe, Frau Mesch, sagte ich. Manchmal geht's nicht anders. Ich muss zur Arbeit! Sie drückte mir die Hand. Vielen Dank!

Zwei Wochen später das gleiche Spiel: Gegen 20 Uhr erreichte ich Frau Mesch. Ich will ihn nicht, lallte sie. Ich kann ihn nicht mehr sehen, er ist so eklig zu mir!

Frau Mesch!, rief ich. Der ist auch zu anderen eklig, kommt der nach Ihrem Mann? Nee, sagte Frau Mesch. Echt nich'. Das hat er nicht von ihm, das nicht. Das hat er von keinem aus unseren Familien. So eklig ist keiner.

Dann liegt es wohl an Ihrer Scheißerziehung!, rief ich und legte auf. Soll man mit Betrunkenen streiten?

Am nächsten Morgen war sie wieder nett, wie immer, wenn sie nüchtern ist. Er isst zu viele Süßigkeiten, sagte ich. Noch hat er schöne Zähne, aber wenn er weiter so viele Süßigkeiten isst, sind die bald hin. Er kauft sich selber welche.

Ja, sagte Frau Mesch, seine Großmutter steckt ihm immer Geld zu. Die Mutter Ihres Mannes?, fragte ich. Sie nickte. Die will was gutmachen, na ja.

Das war vor vier Monaten. Ich habe mit der Lehrerin gesprochen. Sie wusste schon Bescheid. Der Vater ist ein Idiot, sagte sie unverblümt. Man müsste ihn kastrieren. Ich erschrak. So klare Worte war ich von Pädagogen nicht gewohnt. Ich erfuhr, dass Melvins Vater fünf Kinder mit drei Frauen hat. Das hatte Frau Mesch mir verschwiegen. Sie hat sich stabilisiert. Sie will das Kind zwar hin und wieder nie mehr sehen, aber am nächsten Tag nimmt sie ihn doch.

Tante

Die Lehrer sind doch alle faule Säue, sagte Tobias' Tante Romy und wischte sich einen Marmorkuchenkrümel aus dem Mundwinkel. Die wussten doch schon lange, dass unser Bildungssystem krank ist. Aber hat man was gehört von denen? Depressiv sind sie geworden, anstatt mal auf den Tisch zu hauen oder zu sagen: Mit mir nicht! Waren ja gut versorgt. Sind ja hauptsächlich Lehrer geworden, um gut versorgt zu sein! Und Ferien zu haben.
Tante Romy!, rief Tobi. Das sind doch nur Klischees, das weißt du ganz genau! Es gibt ganz großartige Lehrer, ich hatte selbst mal einen. Ich pflichtete Tobi bei. Nicht alle Lehrer sind schlecht. Es gibt solche und solche, obwohl Lehrer von Natur aus Arschlöcher sind, das steht fest.
Wie bitte?, fragte Lydia. Für dich sind Lehrer Arschlöcher? Das ist ja –
Lydia, bitte!, versuchte ich sie zu beschwichtigen, das ist doch nur meine ganz private Meinung, die würde ich nie öffentlich äußern, glaub mir. Ich bin einfach ein paar Jahre zu lange zur Schule gegangen, das ist alles.
Dann halt den Mund, sagte Lydia. Von einem solchen Standpunkt aus sollte man sich nicht an Diskussionen über Schule und Gesellschaft beteiligen, findest du nicht?
Aber dadurch stempelst du mich zum Außenseiter!, gab ich zu bedenken. Warum darf es keine rigorose Meinung geben?

Weil sie falsch ist, sagte Tante Romy. Lehrer ist ein großartiger Beruf, aber die Achtundsechziger haben ihn in den Schmutz gezogen. Sie haben ihn für ihre Zwecke missbraucht. Sie haben die Autorität des Lehrers untergraben. Nein, Tante, sagte Tobi du darfst die Achtundsechziger nicht für alles verantwortlich machen. Sie sind auch nur Menschen.

Sie haben die Ausländer verhätschelt!, rief Tante Romy. Und jetzt kriegen wir seit Jahren die Quittung. Ausländer brauchen eine klare Ansage, das haben diese Hippies nie geschafft.

Lasst uns das Thema wechseln, schlug Lydia vor, das wird mir jetzt zu dumm. Die sollen sich auf das Wesentliche konzentrieren!, rief Tante Romy. Die sollen den Hauptschülern Lesen, Rechnen und Schreiben beibringen und wie die Hauptstädte heißen. Und deutsch sollen sie können, die Araber, die Türken und die Sachsen und die Bayern. Dann wär schon viel gewonnen. Warum muss ein Maurer Englisch können oder ein Spargelstecher? Die sollten Polnisch lernen, wenn schon. Ach Tante!, sagte Tobi. Du hörst dich an wie Kabarett. Hol Wodka!, rief die Tante. Von dem Geschwätz ist meine Kehle taub geworden. Wo bleibt die Kati denn?

Sie plaudert sicher noch mit einer Nachbarin, sagte Tobi. Weißt du doch. Nach der Messe quatschen sie doch immer. Er holte den Wodka. Hast du gesehen, das Haus von Hansens?

Ja, sagte Tante Romy. Weg isses. Was geht bloß in den Kindern vor? Die Mutter hockt im Altersheim und die hauen ihr die Bude weg! Dafür haben sich die Eltern krummgelegt. Fünf Kinder hat die Frau. Und keiner

nimmt sie zu sich. Prost!, sagte ich. Wir stießen an. Und jetzt?, fragte die Tante.
Jetzt bauen die Kinder altengerechte Wohnungen, sagte Tobi. Betreutes Wohnen. Ist der Renner. Und du?, fragte die Tante. Malst du immer noch diese abstrakten Bilder? Tobi nickte.
Du warst so talentiert!, sagte die Tante. Du hättest alles werden können. Es ist eine Schande! Tobi goss uns allen nach.
Seine Mutter kam herein. Romy! Das ist ja eine Überraschung! Ist die Kreuzfahrt schon vorbei? Sie herzten sich. Der Merten ist tot, sagte Tobis Mutter. Der Lehrer.
War der nicht Hauptschuldirektor?, fragte Lydia.
Ja, sagte Tobis Mutter. Er hat sich totgesoffen, sagte ich. Ein Arschloch weniger. Tobis Mutter sah mich böse an. Ich ging ganz schnell aufs Klo. Und so was ist dein bester Freund, sagte Tobis Mutter. Er ist betrunken, sagte Tobi. Wir haben nur den Kuchen gegessen und viel zu schnell getrunken. Lydia nickte.
Ihr jungen Leute vertragt nichts, sagte Tante Romy.
Wir nicht, meinte Lydia, aber die ganz Jungen saufen wieder mehr.
Wegen der Perspektive. Wegen der fehlenden Perspektive, sagte Tobi. Glaub ich nicht, sagte Tobis Mutter. Die trinken einfach gern, die haben Spaß am Leben.
Ha!, lachte Tante Romy. Den Optimismus hast du von Papa.
Hat Opa sich nicht auch totgesoffen?, fragte Tobi. Seine Mutter setzte sich.
Nee, sagte Tante Romy. Wie kommst du denn darauf? Er hatte eine schwache Leber.

Ameisen lachen nie

Es heißt immer, wir Deutschen sterben aus, schluchzte Greta, aber immer wenn ich schwanger bin, schimpfst du mit mir.
Mein Gott, Greta!, rief Irene Pahtz. Du bekommst das dritte Kind vom vierten Mann, und auch der wird dich nicht heiraten! Alle rutschen einmal rüber und das war's. Nur nicht für uns.
Wein nich', Mutti, sagte Greta. Das Kind kriegen wir auch noch groß.
Wir! Wir! Wir!, schrie Irene Pahtz. Du gehst dann wieder in die Disco, ich hock hier mit den Kleinen!
Aber Mutti, flüsterte Greta, du wolltest doch immer ganz viele Kinder. Und wenn Papi sich nicht hätte sterilisieren lassen, hättet ihr ganz bestimmt mehr als nur uns fünf. Du liebst doch Kinder! Irene Pahtz sah ihre Tochter an, zuerst verunsichert, dann liebevoll und immer liebevoller. Sie nickte stumm.
Sie blickte raus auf die Terrasse, wo der erfrorene Lorbeerbaum stand. Und immer noch lag Schnee. So ein langer Winter, sagte sie leise. Und ohne die Kleinen, sagte Greta, kämen dir die Winter noch viel, viel länger vor. Weißt du noch, wie deprimiert du warst, als Papi uns verlassen hat? Wir aus dem Haus und Papi weg, da warst du doch am Ende. Du wolltest dir schon einen Hund kaufen, weißt du noch? Und als ich dann zurückkam mit der kleinen Lara,

da bist du aufgeblüht, so war das! Da hat dein Leben wieder einen Sinn gehabt! Das sagen alle, auch Papi.
Auch Papi!, rief Irene, auch Papi! Die alte Ficksau weiß gar nichts, nur wo der Schwengel hängt! Mutti!, sagte Greta, die Kinder! Ach, die schlafen, sagte Irene.
Also, ich krieg das Kind, meinte Greta. Und dann fang ich die Lehre an. Friseuse, murmelte Frau Pahtz. Dir fällt auch gar nichts ein. Du warst doch auch Friseuse!, rief Greta. Eben, sagte die Mutter. Die Eltern nachäffen ist ja wohl das Einfachste! Dabei warst du die Klügste.
Mario war der Klügste, habt ihr immer gesagt.
Ja, sagte Irene. Vor der Kifferei, da war er klug, da hat er noch gelesen. Aber mit 16 war er schon so dumm wie sein Vater. Das machen auch die Gene, die setzen sich halt durch.
Warum hast du Marios Vater damals nicht geheiratet?
Sag ich doch, rief Irene Pahtz. Weil er dumm war!
Er ist immerhin Beamter, wandte Greta ein. So dumm kann er nicht sein. Hör auf, bat die Mutter, das ist schon lange her. Ich war dumm und er war dumm und basta!
Er hatte eine andere, stimmt's?, fragte Greta.
Na und!, sagte Irene. Wir waren so jung, da gibt es immer andere. Die Väter deiner Kinder hatten ja auch andere und der jetzt sicher auch, oder?
Ich kenn ihn länger als die, erwiderte Greta. Wir hatten schon mal was, da waren wir echt verliebt.
Ja, du vielleicht!, unterbrach Irene.
Er auch!, rief Greta. Das weiß ich ganz genau. Da hat er mir zu Weihnachten einen Ring geschenkt. Da waren wir auf dem Michael-Jackson-Konzert, und nachher sagte er:

Ich lieb dich echt, obwohl du so kleine Titten hast. Ich kann nichts dagegen tun.
Ja, komisch, sagte Irene, dass du so kleine Titten hast. Sie lachte. Musst du von Papi haben oder von Papis Mutter. Die kenn ich nur von Fotos. Papi auch. Die ist nach Berlin gegangen und lesbisch geworden. Greta steckte sich noch eine an und blies den Qualm genüsslich Richtung Küchenuhr. Die war bestimmt schon vorher lesbisch, hundertpro. Das wird man doch nicht über Nacht.
Ich weiß nicht, sagte Irene. Da kenn ich mich nicht aus. Vielleicht hat Papi ja auch deswegen keinen Familiensinn, meinte Greta. Er hat's ja gar nicht so gekannt.
Ach was!, rief Irene. Man kann nicht immer alles auf die Kindheit schieben. Das sind die Eier, die geben keine Ruh'.
Immer schiebst du alles auf die Eier, sagte Greta. Er verliebt sich eben leicht in Dunkelhaarige. Du warst ja auch mal dunkelhaarig. Bin ich immer noch, sagte Irene. Diese verdammten Ameisen! Sie stand auf und ging zur Terrassentür. Immer im Frühling!
Sie zertrat die Tiere, ging zum Kühlschrank und schrieb PARAL in Großbuchstaben auf den Einkaufszettel. Paral ist giftig, sagte Greta. Ja, sicher, entgegnete Irene, deshalb isses ja so gut.
Aber nicht für die Kinder, sagte Greta. Wenn das Kleine nachher krabbelt … Kauf besser Essigreiniger.
Essig!, rief Irene. Da lachen die Ameisen drüber!
Quatsch, sagte Greta. Ameisen lachen nie.

Die Tauschbörse

Gegen zwei Altersheime hatte ich 200 Wörter und die Rechte daran getauscht. Bist du wahnsinnig!, riefen die anderen nach dem Deal. Jetzt kannst du nie mehr ICH LIEBE DICH sagen, ohne an ihn was abzudrücken. Und ZUKUNFT und GERECHTIGKEIT kannst du auch nicht mehr umsonst fordern, da hast du dir was eingebrockt! Heh, ihr Deppen!, sagte ich. Seht ihr nicht, dass meine Altersheime größer sind als Hamburg und München zusammen! Ich bin reich! Und die Gebühren für die Wörter nehm ich aus der Portokasse. Jetzt war Angelo, der mir die Heime abgetreten hatte, der Doofe. Mensch, Angelo!, riefen die anderen, hast du denn nicht gesehen, wie riesig die Altersheime sind? Na hört mal!, sagte Angelo, wer rechnet denn mit so was? Hat jemand ein Gürteltierweibchen? Ich, sagte Tobi. Aber ich möchte es gegen Lydias Weltatlas von 1970 tauschen.

Du bist bescheuert, rief ich. Ein Gürteltierweibchen gegen einen Weltatlas! Für ein Gürteltierweibchen kriegst du locker hundert BMW-Aktien oder einen gebrauchten deutschen Außenminister. Hat jemand einen Außenminister? Karola nickte. Sie wollte dafür jedoch kein Gürteltier, sondern vier Fußballer aus Togo. Voll rassistisch, meinte Jana. Fand ich aber auch. Glaubt ihr, ich tausche einen deutschen Außenminister gegen einen Fußballer aus Togo?, rief Karola. Das kann niemand von mir verlangen!

Aber einer reicht doch, sagte Tobi. Wozu?, fragte Karola. Hört auf damit!, rief ich. Hat jemand Fieber? Jeremy hatte Fieber. Er wollte dafür zwei kristallklare Bäche und einen Krummsäbel. Ich hatte nur den Krummsäbel. Einen Bach bekam ich von Tobi für zwei Buntstifte mit Ventilatoren, den zweiten von Jana für den Rhein. Wieder fielen die anderen über mich her! Er gibt den Rhein für Fieber weg!, rief Angelo. Das darf nicht wahr sein! Ich schwieg und fragte, ob jemand die Donau haben wolle. Alle brachen fast zusammen und überboten sich dann gegenseitig. Ich akzeptierte Jeremys Angebot und nahm seinen alten, blauen Simca. Nun brachen die anderen ganz zusammen. Das ist ja wohl der Hammer!, stöhnte Karola. Die Donau gegen einen Simca tauschen! Ich lächelte und sagte: Ich hab auch noch den Mississippi und den Ob und die Mosel, ich hab Flüsse satt! Wo hast du die denn alle her?, fragte Tobi. Gegen Obi getauscht, sagte ich. Du hattest mal Obi?, staunten alle. Ich hatte mal Obi, George Bush sen. und jun., Jens Nowottny und den Mond, den Vollmond! Die hab ich alle für die Flüsse eingetauscht! Hätt ich auch, meinte Tobi. Alle nickten, außer Jeremy. Obi hätte ich nie getauscht, sagte er. Allein schon wegen des Namens. Obi! Das hört sich voll erleuchtet an. Gut!, rief Jana. Wer hat die Akupunktur? Niemand? Keiner hatte die Akupunktur. Ich weiß, wer sie hat!, rief Jörg. Soll ich sie anrufen? Jana nickte. Jörg rief Janina an. Willst du die Akupunktur tauschen, Janina? Hab ich schon, sagte Janina. Die hat jetzt der Wulff. Der von der CDU? Ja. Wollt ihr seine Nummer? Ja. Jörg rief Wulff an. Nee, tausch ich nicht, sagte Wulff. Auch nicht gegen die SPD? Wulff lachte. Nee. Die Akupunktur behalt ich. Tschüss.

Warum willst du denn die Akupunktur?, fragte ich Jana. Ich hab' so oft Kopfschmerzen, antwortete sie, auch Migräne, tagelang. Deshalb. Scheiß-Wulff!, riefen viele. Vielleicht hat er auch oft Kopfschmerzen, mutmaßte Tobi. Weil ich Jana so sehr mochte, bot ich ihr den Mississippi gegen irgendetwas an. Dann rufen wir den Wulff noch mal an. Den Mississippi nimmt er bestimmt. Jana hat Humor. Sie gab mir für den Mississippi einen Duftbaum mit der Note NEW CAR. Und dann wollte Wulff nicht mal den Mississippi! Jörg rief Janina an und machte ihr Vorhaltungen. Wie konntest du die Akupunktur nur dem Wulff überlassen? Was hast du denn dafür gekriegt? Die Pharmaindustrie? Die gehört dem Wulff doch gar nicht! Jörg legte auf. Habt ihr das gehört? Der Wulff hat Janina die Pharmaindustrie gegeben? Na und?, sagte Tobi, mir egal. Los, wir vergleichen! Ich bin müde. Er hatte alle Bilder von Gerhard Richter, Schottland, zwei holländische Hockeyspielerinnen und Paral-Insektenspray, aber nicht die ganze Firma, nur eine einzige Dose. Trotzdem, nicht schlecht! Ich hatte den Ob, die Mosel, den Simca, die Callas, Henry Vahl, den 1. FC Köln, das Fieber und die beiden Altersheime. Auch nicht schlecht! Aber gewonnen hatte Jörg. Er besaß den Ätna, die Mafia, alle Atomkerne, die heilige Clara, Jörg Pilawa und China. Jeremy dagegen hatte mit seinem Weisheitstick einen rabenschwarzen Tag erwischt. Er hatte alles, was er besaß, gegen den besten Satz eines anonymen, westdeutschen Arbeiterdichters aus dem 20. Jahrhundert eingetauscht, ohne ihn vorher zu kennen. Als er ihn las, huschte zwar ein Lächeln über sein Gesicht, aber wir wussten, dass er mehr erwartet hatte als GEH NACH HAUSE, DU ALTE SCHEISSE!

Der Ausflug

Genügst du den Anforderungen oder setzt du Maßstäbe? stand auf einem Zettel, der durch die Straße flog. Ich sah nicht nach, um was es eigentlich ging, aber ich dachte nach, und meine Mängel bei Neugier, Fitness, Frisur, Sex und Autopflege, um nur die Bereiche aufzuzählen, die mir schlagartig einfielen, wurden mir schmerzhaft bewusst. So ein Scheißzettel! Ich machte kehrt und zerdrehte das Stück Papier unter meinen Schuhsohlen. Ich blickte auf und sah, dass solche Zettel an allen Bäumen entlang der Straße angetackert waren! Ich fing an, sie abzureißen.

Hey, Sie da!, rief eine Frau. Haben Sie nichts Besseres zu tun, als die Arbeit anderer zu zerstören? Ich ging zu ihr.

Hören Sie, sagte ich, diese miesen Zettel machen die Leute auf ihre Defizite aufmerksam, das ist nicht gut für unser Land! Wir sollten auf unsere Stärken schauen, finden Sie nicht?

Sich seiner Schwächen bewusst zu sein, ist auch eine Stärke, antwortete die Frau. Ich schätzte sie auf vierzig. Sie war eher mollig, farbenfroh gekleidet und irgendwie auch attraktiv. Haben Sie Lust auf einen kleinen Ausflug ins Umland?, fragte ich spontan. Ja, sagte sie schnell, das Wetter muss man ausnutzen!

Sie führte mich zu ihrem Auto, und wir fuhren Richtung Brandenburg. Nach einer halben Stunde hielt sie an einem Waldstück an. Wir hatten während der Fahrt nichts geredet. Ich freute mich, endlich mal einen unkomplizierten Menschen getroffen zu haben. Wir stiegen aus und gingen in den Wald hinein.

Kennen Sie OPTIK RATHENOW?, fragte sie. Fußballklub, sagte ich. Da spielt mein Mann in der zweiten Mannschaft, sagte sie.

Ist er jünger als Sie?, fragte ich. Ich bin vierzig, sagte sie, und er ist 38. Ach, übrigens: Ich heiße Marlies. Ich sagte auch Namen und Alter und meinte, dass 38 für einen Fußballer ein ganz schönes Alter sei.

Er ist noch sehr fit für sein Alter, sagte sie. Aber er hat schon eine Glatze. Schade, sagte ich. Glatzen machen Männer zu Deppen, auch wenn man sie liebt. Hat er eine große, glänzende Glatze? Sie nickte. Groß und glänzend, ja.

Wir bogen in einen schmaleren Weg ab. Und jetzt suchen Sie einen Neuen?, fragte ich. Sie nickte. Mein Haar ist auch schon schütter, fuhr ich fort. Und außerdem bin ich homosexuell.

Schade, sagte sie und lugte in ein Tannenwäldchen. Was ist das denn? Ich lugte auch. Sieht aus wie ein großer, heller Stein. Soll ich ihn für Sie holen? Das wäre nett, sagte sie.

Ich kämpfte mich durch die Zweige der jungen Bäume und brachte ihr den Stein. Sie strahlte. Den nehmen wir mit! Geht das?, fragte ich. So einfach einen schönen Stein aus Brandenburg mitnehmen? Merkt doch niemand, erwiderte sie.

Ich hob ihn auf. Er war recht schwer. Nehmen Sie ihn nach hinten, schlug sie vor. Das geht leichter. Ich kam mir

vor wie Obelix. Gehen wir zurück zum Wagen, schlug ich vor.
Zuerst zum See!, bat sie. Der müsste gleich dahinten sein. Wir gingen weiter. Der See war aber nicht da, wo sie ihn vermutet hatte. Wir suchten ihn. Es kam mir vor wie eine Ewigkeit. Ich schwitzte. Wissen Sie was, meinte ich irgendwann. Ich glaube, wir haben eine neue Sportart erfunden: Stone Walking! Wir lachten. Sie etwas mehr als ich. Endlich! Da war der See!
Ich legte den Stein ab und setzte mich darauf. Sie ging ans Wasser und ließ flache Steine über die glatte Oberfläche hüpfen. Das machte sie geschickt! Die enge Jeans ließ ihre Rundungen sehr vorteilhaft zur Geltung kommen. Wir müssen los!, rief ich. Ich habe heute Abend einen wichtigen Termin!
Sie kam auf mich zu und wollte den Stein aufheben. Nein, lassen Sie!, rief ich und hievte den Stein zurück auf meinen Rücken. Stone Walking, super Idee!
Wir gingen eine Weile und hatten uns erneut verlaufen. Moment mal!, rief sie. Ich muss mich konzentrieren, das gibt' s doch gar nicht! Sie suchte die Sonne, die am gleichmäßig grauen Himmel kaum auszumachen war. O.K., sagte sie dann. Das ist mir ja noch nie passiert. Normalerweise bin ich gut in Orientierung. Mir tat der Nacken weh, der Rücken auch. Endlich sahen wir das Auto. Ein Fahrradfahrer überholte uns. Na, Stein geklaut?
Ich rief: Noch nie was von Stone Walking gehört? Er drehte sich nicht um. Wir fuhren zurück nach Berlin. Ich schlug ihr vor, mich an einem S-Bahnhof abzusetzen. Sie nickte. Wir gaben uns zum Abschied die Hand und sagten fast gleichzeitig: War schön mit Ihnen!

Nach China

Ich stehe nicht im Verdacht, jeder Zeitströmung hinterherzuhecheln, aber in letzter Zeit schielen alle nach China, da wollte ich nicht abseits stehen und fasste den Plan, im Reich der Mitte zu studieren.
Meine Frau reagierte äußerst reserviert. Sie sagte erst mal nichts, schrieb mein Alter auf einen gelben Zettel und ging einkaufen. Ich rief bei der chinesischen Botschaft an und stellte mich als wissbegierigen, zukunftsorientierten Künstler vor, der an einem Studium in Peking interessiert sei.
Warum nicht Bern?, fragte der Chinese. Liegt Bern in China?, fragte ich zurück.
Nein, Bern liegt nicht in China, sagte der Chinese. Aber die Schweiz ist auch ein schönes Land und viel übersichtlicher als China. Nichts gegen die Schweiz, erwiderte ich, aber wo geht denn die Post ab, wer wird dem 21. Jahrhundert seinen Stempel aufdrücken, die Schweiz oder China?
Mir egal, sagte der Chinese.
Ich wunderte mich sehr und rief: Sie sind ja so engagiert wie die Berliner Karstadt-Verkäuferinnen vor dem Mauerfall!
Mir egal, wiederholte der Botschaftsangehörige. Haben Sie Abitur?
Deutsches oder chinesisches?, fragte ich.
Egal.

Nein, weder noch, sagte ich. Ich kann auch kein Wort chinesisch, ist das ein Problem?
Nein, meinte der Chinese. Es gibt in China etliche Professoren, die deutsch können. Was wollen Sie denn studieren?
Autos und Waschmaschinen, sagte ich.
Moment! Ich schau mal nach!, rief der Chinese, nun richtig flott. Tut mir leid, sagte er dann. Wird beides nicht angeboten. Verstärkertechnik, sagte ich. Geht das? Auch nicht, sagte der Chinese, tut mir furchtbar leid.
Kulikritzeln?
Auch nicht, sagte der Chinese.
Nicht mal Kulikritzeln!?, rief ich, schon sehr enttäuscht. Das kann man doch fast überall studieren!
Nicht in China, sagte der Chinese. Tut mir wirklich leid.
Dann werde ich eben Dozent, sagte ich kurzentschlossen. Ist sowieso besser, aus finanzieller Sicht und psychisch.
Ja, sagte der Chinese, Dozent in Peking ist der Hammer. Was wollen Sie unterrichten? Ich dachte nach, mir fiel so schnell nichts ein. Fällt Ihnen nichts ein?, fragte ich. Der Chinese schwieg.
Er dachte nach. Wie wär's mit irgendeiner alten Waffentechnik?, fragte er schließlich. Stockschlagen oder Steinschleudern? Steinschleudern, sagte ich. Das ist es! Da kenn ich mich aus. Ja, super! Sie sind ja richtig gut! Da wär ich selbst nicht draufgekommen, danke!
Ja!, rief der Chinese lachend. Ihr europäischen Idioten seid kulturell so überfrachtet, ihr kommt oft nicht auf die allereinfachsten, naheliegendsten Sachen!
Ich war tief beeindruckt von der chinesischen Direktheit, und meine Neugier auf Land und Leute wuchs noch

mehr. Ich sagte: Gut. Dann brauch ich nur noch die Adresse und die Telefonnummer der Universität.
Das kann ich alles für Sie regeln, bot der Chinese an. Faxen Sie mir nur Ihre Bankverbindung und die Gehaltsvorstellung. Wollen Sie einen Vorschuss?
Ja, gerne, sagte ich. Ich frag mal meine Frau, wie viel. Das fax ich Ihnen auch. Gut, sagte der Chinese, und wenn Sie wollen, können Sie am Donnerstag mit der Maschine des Botschafters nach Peking fliegen, er fliegt jeden Donnerstag ganz früh nach Hause. Wird Ihre Frau Sie begleiten?
Ich sagte: Ja, sehr wahrscheinlich. Sie sträubt sich anfangs oft gegen meine Ideen, und nachher ist sie dann begeisterter als ich. Kenn ich, sagte der Chinese. War bei meiner auch so. Was hat sie die Langnasen verflucht! Und jetzt singt sie im Kirchenchor! Wir lachten.
Also, sagte ich, dann komm ich Donnerstag so gegen vier Uhr früh zur Botschaft, ist das recht? Passt schon, sagte der Chinese. Aber ob Ihre Frau mitfliegt, müsste ich bis spätestens heute Abend 22 Uhr wissen, wegen der Reservierung.
Ich klär das, sagte ich, bis gleich! Und vielen Dank!
Ich legte auf und fragte meine Frau, ob sie nach China mitkäme. Was soll ich in China?, rief sie entrüstet.
Da geht die Post ab, sagte ich. Da ist Aufbruch, Zukunft, alles! Kriegst du in China Bafög?, fragte sie. Ach Bafög!, rief ich. Was brauch' ich Bafög! Ich werde Dozent! Du könntest auch Dozentin werden, vielleicht für Make-up oder deutschen Soul.
Als ob die Chinesen sich für deutschen Soul interessierten, knurrte sie. Na klar!, rief ich. Die interessieren sich

für alles! China ist ein Riesenschwamm, der alles aufsaugt!
Sie sah mich an. Ich glaube, du hast von China völlig falsche Vorstellungen, meinte sie dann und machte die Nachrichten an. Also, du fährst definitiv nicht mit?, fragte ich definitiv. Keine Antwort. Ich drückte die Wahlwiederholung meines Handys, und es meldete sich die Schweizer Botschaft, seltsam. Ich legte auf und versuchte es noch mal. Schon wieder die Schweizer Botschaft! Ich suchte im Telefonbuch die Nummer der chinesischen, drückte die Zahlen und – was soll ich sagen? Die hatten keine Ahnung! Niemand wollte mit mir gesprochen haben! Zum Schluss schrie ich nur noch rum. Ich verlangte den Botschafter persönlich und bekam auch eine Nummer. Ich hielt es für die Durchwahl, aber es war die Telefonseelsorge. Meine Frau lag auf der Couch und lachte sich kaputt. Lach du dich nur kaputt!, rief ich. Ich möchte jedenfalls nicht in einem Land leben, das seine große Zeit hinter sich hat! Sie lachte einfach weiter. Ich trank einen Genever oder zwei. Sie suchte das Gespräch. Wir redeten bis in den Morgen. Es war im Mai, und als der Garten vor Vogelgezwitscher fast implodierte, hatte sie mich überzeugt, es noch einmal als Kunstmaler zu versuchen, weil das meinem altmodischen, pseudoromantischen Wesen am meisten entspräche. Und irgendwann kommen die reichen Chinesen und kaufen deine Bilder, sagte sie schließlich unter der Dusche. Es war zu spät zum Schlafen.

Neue Welt

Ein Elefantenbulle hatte einen sehr weichen, glitschigen Kühlschrank zur Welt gebracht, der nur kurze Zeit später selbst schwanger wurde und einen schnuckeligen Tierpfleger gebar, den die anderen Elefanten Andie mit ie nannten. Er war einen halben Meter groß und spuckte ständig Kirschsteine so kräftig an die Elefantenhausdecke, dass sie dort stecken blieben.

Der Zoodirektor war offiziell sehr angetan vom neuen Pfleger, ließ sich mit ihm sogar fotografieren, doch heimlich schlug er ihm aufs Maul und drohte: Lass die verdammte Spuckerei, sonst zeig ich dich den Eisbären! Andie ließ das Spucken nicht. Wo ist Andie?, fragten die Elefanten zwei Tage später.

Er macht in Afrika Abitur, sagte der Zoodirektor, damit er euch noch besser verstehen lernt.

Wir sind indische Elefanten!, riefen die Dickhäuter.

Da lachte der grausame Direktor und brüllte: Das war der Witz, ihr Arschbombenprofis!

Die Afrika-Geschichte

Einmal haben wir in Afrika einen Löwen eingeschläfert, weil er nicht mehr leben wollte.
Er war eines Nachts ganz leise in unser Zelt geschlichen und hatte durch mein Moskitonetz geflüstert: Bitte, schläfert mich ein. Ich hielt es erst für einen Traum und rief: Fitness, Karate, Judo! Fitness, Karate, Judo! Ich machte auch entsprechende Bewegungen, doch als der Löwe bei seiner bescheidenen Bitte blieb, setzte ich mich auf und weckte meine Reisegefährtin.
Sie griff gleich zum Gewehr und drückte dreimal ab. Der Löwe brach zusammen und sagte: Danke! Danke! Das kann ich nie wieder gutmachen. Nichts zu danken, sagte ich. Du bist noch gar nicht tot. Es wird nicht mehr lange dauern, brummte das mächtige Tier. Und warum wolltest du sterben?, fragte meine Gefährtin. Weil meine große Zeit vorbei ist, sagte der Löwe. Es ging seit anderthalb Jahren nur noch bergab. Und letzte Woche hat mich ein junges Weibchen vermöbelt, ich will nicht mehr!
Es ist passiert, meinte meine Gefährtin, aber ich kann es nicht gutheißen. Alte Löwen, die bei Menschen den Tod suchen, mein Gott! Wo leben wir denn? In Afrika!, seufzte der Löwe. Er war immer noch nicht tot!
Irgendwann hat der Iran die Atombombe, sagte ich, und der Löwe lebt immer noch! Mach du ihn alle!, sagte meine Gefährtin. Dich hat er ja auch angesprochen.

Ich leide nicht, sagte der Löwe. Ich blute langsam aus, ihr müsst nichts mehr tun. Ich dämmere sanft hinweg! Wie friedlich er dalag! Doch dann ein mattes Gebrüll! Der Löwe schnappte nach links und rechts! Er war schon zu schwach, sich zu erheben. Sein Körper lag flach am Boden, doch sein Mähnenhaupt biss imaginäre Feinde. Was ist?, rief ich. Was hast du?

Zebras!, stöhnte der Löwe schwach. Hyänen! Gnus! Sie wollen mich kastrieren!

Hier ist niemand außer uns dreien, sagte meine Gefährtin. Schau dich um! Der Löwe hatte keine Kraft mehr. Er schnappte schwach, die Augen waren schon zu, dann starb er.

Wir sahen uns an. Tja, Pech!, sagte meine Gefährtin. Da hat er doch noch ein schlimmes Ende gefunden, schade!

Den sanften Tod muss man besser planen, sagte ich. Da gibt es Leute in der Schweiz, die machen das perfekt!

Das hilft dem Löwen auch nicht mehr, sagte meine Gefährtin. Soll ich mir aus der Mähne eine Mütze machen?

Nein, bitte nicht!, antwortete ich. Dann muss ich bei ihrem Anblick immer an das Ende des Löwen denken.

Sie tat es aber trotzdem, und aus dem Hodensack nähte sie sich einen Geldbeutel, in dem sie dann aber doch nur ihre Tampons für unterwegs aufbewahrte. Wir haben danach noch etliche Reisen zusammen unternommen, aber heiraten, wie vor der Afrika-Geschichte, wollte ich sie nicht mehr.

Sonntagnachmittag

Rosy und Andy traten gerade aus dem Haus, als Eduard um die Ecke bog und – Ach, ihr wollt grad weg?
Ja, sagte Rosy. Wir wollen gerade los, uns ein wenig die Füße vertreten, in Vorgärten gucken, Toyotas zählen, das Übliche eben.
Kann ich mitkommen?, fragte Eduard.
Nein, sagte Rosy. Dein negatives Gequatsche geht uns auf die Nerven. Du gönnst anderen nichts und machst sie für deine Misere verantwortlich.
Tu ich gar nicht!, rief Eduard empört. Tu ich gar nicht! Er sah nicht gut aus. Eddy, sagte Andy, tut mir leid. Aber Rosy hat recht. Wir können dich nicht mehr ertragen! Früher warst du ja noch witzig, aber seitdem du arbeitslos bist, hat dein Zynismus schlimme Ausmaße angenommen. Und so belastbar sind wir auch nicht. Glaubst du, wir kennen nur fröhliche Menschen? Eduard sah auf den Boden und zertrat einige Ameisen.
Nehmt mich bitte mit, sagte er leise, ich kann jetzt nicht alleine sein.
Warum gehst du nicht zu Mara?, fragte Rosy.
Sie hat Besuch von ihrer Tochter, antwortete Eduard. Da möchte ich nicht stören.
Trotzdem, sagte Andy. Es geht nicht. Du würdest uns den ganzen Sonntag versauen! Wir haben keine Kraft mehr.

Keine Kraft?, fragte Eduard.

Ja, keine Kraft!, rief Rosy. Glaubst du, das kostet keine Kraft, dein Unglück zu ertragen? Schon ein Blick in dein verbrauchtes Gesicht stresst! Und dann das ständige Gerede über Geld und das bisschen Glück, das man auch einmal haben müsste. Weißt du, was der Trainer von 1860 München nach dem letzten gewonnenen Spiel meinte? Man muss das Glück auch mal erzwingen! Aber du guckst ja kein Fußball. Du liest ja Lyrik!

Eddy!, rief Andy. Rosy hat recht! Und wir hätten schon viel früher Klartext mit dir reden müssen! Du plagst dich mit Allergien, du plagst dich in deinem Beruf, du plagst dich mit deiner neuen Partnerin. Dein Leben ist eine einzige Plage, aber hast du einmal ernsthaft über Gründe und Ursachen nachgedacht?

Hab ich, sagte Eduard.

Und?, fragten Rosy und Andy fast synchron.

Ich hab halt Pech gehabt, sagte Eduard. Wenn ich wie ihr den richtigen Partner rechtzeitig gefunden hätte, würde ich heute vielleicht ganz anders dastehen!

Hast du ihn denn gesucht?, fragte Rosy.

Natürlich, sagte Eduard und riss ein paar Blätter von der Weißbuchenhecke. Hab ich, klar!

Eduard, sagte Rosy und fasste ihn am Arm. Sei einmal ehrlich!

Sie flüsterte in sein Ohr: Du hast Geschlechtsteile gesucht, und die hast du gefunden! Aber als Mensch haben dich Frauen gar nicht interessiert!

Weißt du, sagte Andy, man muss zur Liebe fähig sein, das ist es! Eduard ließ die zerdrückten Blätter auf den Boden fallen und nickte. Kann ich jetzt mitkommen?

Noch nicht!, sagte Rosy. Gib dir endlich einen Ruck und such dir eine neue Freundin, eine unverdorbene junge Frau, die Kinder möchte – Hör auf mit Ruck, unterbrach sie Eduard. Ich brauche keinen Ruck, ich bin nicht Deutschland! Vier Wochen Urlaub, das wär's. Vier Wochen Formentera. Dann wär ich ganz der Alte!
Rosy seufzte: Ach Eduard! Du hast doch Scheiße auf den Augen!
Was soll denn das schon wieder heißen?, fragte Eduard.
Die Mara, sagte Rosy, glaubst du immer noch, sie ist Modedesignerin?
Ja, sagte Eduard. Was sonst?
Sie ist eine Nutte, flüsterte Rosy ihm ins Ohr. Das hab ich gleich an ihrer ganzen Art gemerkt, an ihren Fingernägeln und wie sie spricht! Verlass sie, Eduard, und such dir eine gute Frau, so jung muss sie ja gar nicht sein. Mensch, Eduard, du bist doch echt ein Frauentyp, du bist im besten Alter!
Eduard lachte bitter.
Schau mich an, Rosy! Ich bin ein Frauentyp, ich bin im besten Alter. Aber sieht man mir das an?
Hör auf!, rief Andy. Das ist doch nur eine Frage der inneren Einstellung! Du lässt dich gehen! Das Leben ist so kurz, und du bist keine vierzig, da ist noch alles drin! Also, wir müssen los!
Bitte, sagte Eduard. Lasst mich mit euch gehen. Ich sag auch nichts.
Nein, rief Rosy. Deine miese Ausstrahlung reicht vollkommen aus, um uns die Stimmung zu verderben. Wir gehen aus dem Haus, um Blumen anzuschauen, und nachher sehen wir nur die vielen Hundehaufen. Ja, pflich-

tete Andy seiner Frau bei. So viele sind es gar nicht, aber wenn man mit dir spazieren geht, sieht man irgendwann nur noch die Hundehaufen und man spricht über alte Bekannte, die mittlerweile tot oder schizophren sind. Oder man spricht über Filme, die einen gar nicht interessieren, fügte Rosy hinzu.
Aber wenn ich mir nachher etwas antue, seid ihr schuld, sagte Eduard schmunzelnd.
Keine Sorge, erwiderte Andy. Du wärst der letzte Mensch, dem du etwas antun würdest! Rosy hakte ihn unter, und die beiden überquerten den Zebrastreifen, ohne sich umzusehen.

Fotos

Es ist zwar eigentlich nicht meine Art, mich selbst zu loben, aber wenn der Winter so lange dauert und so grau war wie dieses Jahr, neigt man unwillkürlich dazu, die positiven Aspekte seines Lebens hervorzuheben, und einer ist, dass ich schon viele schöne Fotos geschossen habe: Urlaubsfotos zum Beispiel oder Familienfotos und hier besonders die Weihnachts-, Schneemann- und Haarschneidefotos, wobei es von letzteren die mit Abstand meisten gibt.

Sie ähneln sich schon deshalb, weil die Kinder auf diesen Bildern immer diesen wunderbaren himmelblauen Haushaltskittel anhaben, den meine Frau in den Jahren 82 und 83 auch außer Haus trug.

Die Kinder sehen auf diesen Fotos ganz fantastisch aus, und meine Frau macht als Friseuse mit ihren langen, blonden Haaren eine dermaßen gute Figur, dass ich sie allein schon aus diesem Grund immer wieder heiraten würde. Natürlich lacht sie jedesmal, wenn ich mit meiner ollen Yashica angeschoben komme, manchmal sogar leicht genervt. Wir haben doch schon so viele! Stimmt. Aber die Kinder werden älter, und anhand dieser Bilder wird man das später einmal sehr schön verfolgen können! Auch Haare, die am Boden liegen, sind ein interessantes Motiv, Haare im Mülleimer auch. Aber Haare im Mülleimer habe ich noch nie fotografiert. Ihr Anblick bereitet

mir immer ein ungutes Gefühl. Es gibt nicht viele Sicherheiten im Leben, doch das ist sicher: Haare sind kein Müll! Man sollte sie besser in den Wind werfen, damit Vögel mit ihnen ihre Nester auspolstern können, aber wer macht das schon?
Apropos Wind! Den hab ich auch schon oft fotografiert, obwohl das nachher für andere oft nicht so klar ist. Sie sagen dann beim Anschauen der Bilder: Aha, Bäume! Es ging mir aber um den Wind, und ich muss zugeben: Die Windfotos sind nicht meine stärksten. Es ist sowieso eher unwahrscheinlich, dass die Nachwelt mich als begabten Fotografen in Erinnerung behalten wird. Dafür sind meine Bilder viel zu unspektakulär. Wer interessiert sich schon für den Sperrmüll in unserer Garage oder die Flaschen auf dem Fensterbrett im Keller, die zum Teil noch vom Vormieter stammen: Gardinenwaschmittel, DanKlorix Hygienereiniger, Fleckenteufel, Atlantic Oel, Lampenöl, Substral Kakteen-Nahrung, Bügeleisenreiniger, Globlitz 2000 Super, Sätta Klinkerreinigungsmittel, Essig-Reiniger – das klingt ja eher langweilig. Aber wie kräftig diese größtenteils durchscheinenden Plastikflaschen vor dem vergitterten Fenster im Gegenlicht ihre schlichte Farbigkeit entfalten, ist sehr, sehr sehenswert!
Ich arrangiere selten. Einmal habe ich einige Kartoffeln zu den Negerküssen aufs Silbertablett gelegt, weil ich den Kontrast O.K. fand, und einmal habe ich die Streetsharks unseres Jüngsten im Garten unter die Hortensie gestellt, aber meistens lichte ich alles so ab, wie ich's vorfinden, und hauptsächlich im privaten Rahmen. Ich würde niemals fremde Menschen fotografieren.
Auch keine Geschlechtsteile. Das wär mir zu intim!

Vor vielen, vielen Jahren habe ich meine Frau einmal halbnackt fotografiert. Sie saß auf einem Bett und hatte eine Frauenmaske auf und schaute in einen Handspiegel. Es war ein sehr geheimnisvolles Bild. Ich habe mir dann eine grimmige Männermaske mit schwarzem Haaransatz und Schnauzbart aufgesetzt und mich nackt aufs Bett gelegt. Spätestens da wusste ich, wie sehr meine Frau mich liebt, denn anstatt mich, was normal gewesen wäre, sofort zu verlassen, tat sie mir sogar den Gefallen und drückte auf den Auslöser. Auch dieses Bild fand ich sehr gelungen. Als eine Freundin meiner Frau es einmal aus Versehen zu Gesicht bekam, sagte sie aber nicht: Geiles Foto, sondern nur so etwas wie: So siehst du also aus.
Damit war meine Karriere als Aktfotograf schon sehr früh beendet. Nun gut, man muss ja auch nicht alles selbst machen! Zeitungsfotos sind mir ohnehin die liebsten, und auf diesen Fotos mag ich vor allem die unscharfen Figuren im Hintergrund. Dieses Vage ist sehr schön, denn es erlaubt der Fantasie nach persönlichen Vorlieben zu schwelgen, es lässt Gefühle zu, welche bei Nahaufnahmen keine Chance hätten. Ja, ja, das Vage! Das mag ich immer noch, wie auch das Provisorische. Wenn man in stabilen Verhältnissen lebt und immer gelebt hat, ist so ein Faible kein Wunder, es nervt jedoch bei zunehmendem Alter, weil Kinder feste Größen brauchen, doch das führt jetzt zu weit. Ich wollte eigentlich nur mal daran erinnern, dass die Fotografie eine wunderbare Erfindung ist, und was meine Fotos anbelangt, wäre ich schon damit zufrieden, dass nachfolgende Generationen sie anschauen und denken: Aha! Ein Flur um die Jahrtausendwende!

Am Kahnweiher

Ich habe noch nie etwas von langer Hand vorbereitet, sagte Tobias. Ihr? Jeremy stand auf und spuckte in den Kahnweiher, ein Karpfen schwamm in Richtung Spucke, drehte ab.

Bianca schüttelte den Kopf. Ich denke nie sehr weit, höchstens bis übermorgen. Quatsch nicht, meinte Lydia, den Urlaub planst du schon. Ja, den!, rief Bianca. Aber sonst? Längerfristige Projekte interessieren mich einfach nicht, sagte Jeremy. Ich könnte auch nie Marathon laufen. Sprinter, sagte Tobias. Ja, meinte Jeremy, ich bin eben ein Sprinttyp, und ich finde, das ist unserer Zeit angemessen. Wer weiß denn schon, was morgen wird? Das haben die Menschen nie gewusst, hielt Lydia dagegen. Und trotzdem haben sie Kathedralen gebaut.

Wieso trotzdem?, fragte Jeremy. Irgendetwas muss der Mensch ja tun! Und wenn man an Gott glaubt, kann man auch Kathedralen bauen. Die waren ja auch ein Wirtschaftsfaktor. So was wie Kathedralen fehlt uns heute.

Mir nicht!, entgegnete Bianca. Diese grauen, unheimlichen Klötze sind doch gruselig! Ich habe Angst vorm Kölner Dom, und ich finde Hochhäuser tausendmal schöner, da denk ich nur an Luft und Licht.

Ich denke an den 11. September, sagte ich. Und das wird sich so schnell nicht ändern. Aber ich glaube, dass du Je-

remy missverstanden hast. Ich schätze, ihn fasziniert die Verbindung von Glauben und Ökonomie, oder?
Mich fasziniert gar nichts, entgegnete Jeremy. Mich hat in meinem ganzen Leben noch nie was fasziniert. Er ging schon wieder ans Wasser und spuckte hinein. Wieder kam ein Karpfen an und drehte ab. Hör auf, die Karpfen zu verarschen, forderte Bianca. Du willst wohl Lama werden.
Ich überlege!, rief Jeremy.
Und dabei läuft dir das Wasser im Mund zusammen?, fragte Bianca spöttisch. Was überlegst du denn?
Wenn es mit unserer Wirtschaft wieder richtig aufwärts gehen soll, sagte Jeremy, brauchen wir eine neue Erfindung. So etwas wie den Fernseher, das Auto oder das Mobiltelefon. Darüber denk ich nach!
Ich lachte. Ideen werden entwickelt, sagte Tobias. Niemand steht spuckend am Wasser und hat plötzlich eine Idee! Du hast völlig falsche Vorstellungen vom Leben! Während dir nichts einfällt, entwickeln Leute auf der ganzen Welt die vorhandenen Produkte weiter, die sind dann neu und werden gekauft.
Ach, du mit deiner Scheißbescheidenheit!, schimpfte Jeremy. Warum denn nicht der große Wurf? Immer dieses Klein-Klein!
Du hast was gegen langfristige Projekte, und du hasst Klein-Klein, fasste Lydia zusammen. Aber Jeremy! Das Leben ist ein langfristiges Projekt mit ganz viel Alltag! Wann kapierst du das? Willst du enden wie Kurt Cobain?
Willst du mich beleidigen?, fragte Jeremy. Was hab ich denn von diesem schmuddeligen Selbstmörder? Bist du verrückt?

Die Ungeduld, erwiderte Lydia kühl. Die Unzufriedenheit, das Mürrische! Genieß doch einfach mal den Tag, das Wetter macht doch Freude!
Das Wetter?!, schrie Jeremy. Ich soll mich übers Wetter freuen, während unfähige, korrupte Typen unsern Erdball ruinieren?
Aber hier ist es doch gerade ganz nett, sagte Bianca, während der Wind Robinienblüten auf das Teichufer wehte. Soll ich euch mal mein neues Tattoo zeigen?
Sie zog ganz ungeniert den kurzen Rock hoch und die Strumpfhose runter. Was ist das denn?, rief ich. Dieses schwarze Ding! Eine DJ-Kanzel, sagte Bianca. Wir brachen fast zusammen!
Sie hatte sich tatsächlich eine DJ-Kanzel auf den Hintern tätowieren lassen und darunter I love DJ Ludwig.
Süß, meinte Lydia. Sonst wirken die ja eher düster, auf den Bühnen, meine ich. Aber so klein – kommt gut! Wie ein extrem kompaktes Blümchen! Wir Jungs lachten immer noch.
Ein schwarzes, viereckiges Blümchen!, prustete Jeremy. Das Prusten ging in Husten über, und schließlich spuckte er wieder in den Teich. Ein Karpfen kam und schnappte sich den Auswurf. Ieeeh!, rief Bianca. Der Fisch hat Jeremys Raucherhusten aufgegessen!
Sie zog den Rock nach unten. Woll'n wir noch 'ne Runde rudern?, fragte ich. Die andern stimmten zu. Wir nahmen zwei Boote. Ich saß neben Bianca, und obwohl wir schon seit über einem Jahr kein Paar mehr waren, sahen wir uns manchmal so schamlos in die Augen, da war mir klar: Ludwig war nur Ersatz.

Drei Minuten in unserem Leben

Kaum hab ich was erlebt, ist es veraltet!, klagte Lydia.
Geht mir auch so, sagte Tom. Ich baue eine geile Plastik, schon ist sie veraltet! Sie ist sogar schon veraltet, bevor sie fertig ist!
Beängstigend, fand Gina. Findet ihr nicht?
Es ist so, sagte ich. Beängstigend oder nicht. Unsere Gefühle drängen so stürmisch nach vorn, sie sind so scharf auf Zukunft, dass die Gegenwart einfach keine Chance mehr hat, wahrgenommen zu werden. Selbst Schmerzen werden rasend schnell Vergangenheit
Aber das geht doch nicht!, rief Gina. Man kann doch nur in der Gegenwart leben. Hab ich da was verpasst?
Ich glaube, wir leben schon eine ganze Weile nicht mehr in der Gegenwart, sagte Tom. Seitdem wir schneller produzieren, als wir denken können.
Red keinen Stuss!, sagte ich. Wen meinst du denn mit wir? Die Industrienationen?
Tom sprang auf und tanzte wie ein Vollidiot. Er rief: Ha, ha! Was willst du damit sagen?, fragte Lydia. Dass wir uns körperlicher ausdrücken sollten, um in die Gegenwart zurückzukehren? Tom biss ihr zärtlich in den nackten Oberarm und Gina sagte:
Kommt, lasst uns ganz schnell Volleyball spielen, bevor er Lydia aufisst. Wo ist das Netz?

Kultur

Ich hatte unter duftendem Flieder für die Leute im Stadtpark getanzt. Sie hatten sich kaputtgelacht und applaudiert. Machst du das regelmäßig?, fragte einer.

Einmal im Monat, sagte ich. Aber immer in einem anderen Park. Bist du schon mal verprügelt worden?, fragte eine Frau.

Ich sagte: Nein, ich bin selbst ein übler Schläger!

Du, ein Schläger?, fragte die Frau. Du lügst!

Das denken viele, sagte ich. Und nachher liegen sie dann da mit gebrochenen Knochen. Ich bin ultrabrutal.

Und warum?, fragte die Frau. Du könntest sie doch erst mal ganz normal verprügeln. Das reicht doch.

Ansichtssache, sagte ich und trocknete mein nasses Haar. Aber euch hat's gefallen, oder?

Na ja, sagte die Frau. Wenn man hier besoffen rumsitzt, gefällt einem fast alles.

Was hat euch denn am besten gefallen?, fragte ich. Die lustigen oder die ernsten Teile?

Die ernsten, sagte einer. Die fand ich am lustigsten!

Wie?, fragte ich. Wenn ich einen Stein anschaue, als wär's mein bester Freund, das findest du lustig?

Ja, klar!, kam die Antwort. Findest du es nicht lustig, wenn jemand einen Stein zum Freund hat?

Ich überlegte.

Er überlegt, sagte die Frau.

Ich sagte: Du hast recht. Es kann auch lustig sein, einen Stein zum Freund zu haben.
Und warum tanzt du nicht zu klassischer Musik?, fragte ein anderer. Das wirkt doch gleich viel seriöser!
Eben darum, sagte ich. Ich bin lieber unseriös. Und außerdem verleiht mir Popmusik die größere Leichtigkeit. Das ist nun mal so. Ich tat das Handtuch in meine Sporttasche und schwang mich auf mein Rad. Ich könnte nur zu der Musik der Einstürzenden Neubauten tanzen!, rief die Frau. Und ich nur zu Madonna, rief ein Mann.
Es passiert mir nicht oft, ein so aufgeschlossenes Publikum zu finden. Ich freute mich und lachte, und all die Leute, die mich sahen, hielten mich wahrscheinlich für gestört. Dabei war es ja nur die pure Freude an Kultur.

Ohne Titel

In der Hoffnung, sexuell attraktiver zu wirken, hatte sich der Hobby-Koch Diethelm Staab mit zwei a die Hose mit tiefgefrorenen Reibekuchen vollgestopft.

Er war schon an der Tür, als seine Freundin Tonia ihn festhielt. So gehst du mir nicht vor die Tür! Es ist schon schlimm genug, dass du immer nur an deine sexuelle Ausstrahlung denkst, aber jetzt hast du offenbar jegliches Gefühl für Normalität verloren! So kommst du mir nicht auf die Straße!

So kommst du mir nicht auf die Straße!, äffte Diethelm seine Lebensgefährtin nach. Du tust gerade so, als ob wir verheiratet wären!

Er wollte sie beiseite schieben.

Nein!, rief Tonia Meerbach. Keinen Schritt weiter!

Diethelm zog sie von der Tür weg und schubste sie Richtung Garderobe, doch bevor er zur Tür hinaus war, hatte Tonia ihn wieder erreicht. Sie umklammerte seine Taille und schrie: Nein, nein, nein!

Die Rentnerin Patty Kaminski öffnete ihre Wohnungstür. Sie mochte Streitereien.

Warum versuchen Sie, Ihren Mann festzuhalten?, fragte sie Tonia. Wenn Männer weg wollen, kann man sie nicht halten, glauben Sie mir. Da helfen nicht mal Waffen oder Drogen!

Aber ich kann ihn doch mit diesen Reibekuchen unmöglich auf die Straße lassen!, rief Tonia. Er macht sich doch zum Volldepp!

Reibekuchen?, fragte die Rentnerin neugierig. Sagen Sie bloß, er hat die Hose voller Reibekuchen? Tonia nickte.

Ja!, rief Diethelm. Ich habe Reibekuchen in der Hose. Was ist denn daran so schlimm?

Gar nichts!, rief die Rentnerin. Im Gegenteil! Ich finde Männer mit Reibekuchen zwischen den Beinen supersexy!

Da siehst du's!, sagte Diethelm. Manche Frauen fahren auf so was ab!

Pah!, entfuhr es Tonia. Frau Kaminski hat mindestens einen Weltkrieg live miterlebt, die ist traumatisiert! Das zählt nicht!

Heh, du kleine Schlampe!, schrie die Rentnerin. Werd bloß nich' unverschämt! Den Mann nicht halten können, aber andere Frauen schlecht machen! Da liegt kein Segen drauf! Warum will er denn fremde Frauen beeindrucken? Haben Sie sich das schon mal gefragt?

Er will alle Frauen beeindrucken!, rief Tonia. Alle, alle, alle! Sogar die mit den ganz flachen Hintern!

Die Alte lachte. Aber die mit den flachsten Hintern haben oft die dicksten Titten, mein Kind!

Ich bin nicht Ihr Kind!, schrie Tonia.

Aber Sie wissen nicht, weshalb er fremde Frauen beeindrucken, will, sagte Patty.

Ich sagte doch schon!, rief Tonia. Er will alle beeindrucken, und ich glaube, dass es mit seinem Samen zusammenhängt. Er produziert ja unaufhörlich Samen!

Richtig, sagte Patty. Und diesen Samen soll er bei vielen Frauen unterbringen, so will es die Natur. Es ist schon richtig!

Aber ich finde es einfach unästhetisch!, rief Tonia. Und ungesund. Nachher verkühlt er sich die Blase, dann hab ich einen kranken Kerl!

Diethelm stand die ganze Zeit nur schweigend da und wartete darauf, dass Tonia ihn losließ.

Sie ließ ihn aber nicht, sondern zog mit einem Ruck seine Hose herunter! Die Reibekuchen rollten durchs Treppenhaus.

Entnervt zog Diethelm die Hose hoch und ging in die Wohnung zurück, während die beiden Frauen die Reibekuchen vom Boden auflasen. Kommen Sie!, schlug Patty ihrer Nachbarin vor, wir gehen in den Park und lassen die Reibekuchen über den Teich flitschen! Die sind so gut wie flache Steine! Tonia nickte.

Sie gingen in den Park, und Patty zeigte Tonia, wie man's macht: Tief runter und ganz flach ansetzen!

Ist das nicht Umweltverschmutzung?, fragte Tonia.

I wo!, rief Patty. Die Enten fressen fast alles!

Nomaden

Laura und Pascal sind Nomaden, und so nennen sie sich auch, wenn sie als Folkloreduo auf Marktplätzen oder in volkstümlichen Gaststätten auftreten.
Ihr blaues Premium Familienzelt SAN MARINO PLUS 8 hat drei Eingänge und drei separate atmungsaktive Innenzelte mit Organizer und einen großen Wohnraum mit Boden. Es hat Klarsichtfolien und große Gazefenster, eine verzögerte Entflammbarkeit, und das PU-beschichtete, nahtversiegelte Außenzelt besteht aus Polyester.
Ist es leicht aufzubauen?, fragen wir.
Na klar, sagt Pascal. Darauf haben wir geachtet. Wir wollen uns das Leben schließlich auch nicht schwerer machen als nötig! Wer hatte denn die Idee, als Nomaden zu leben? fragt Tom. Ach!, lacht Laura. Die Idee hatten wir beide gleichzeitig und zwar – darf ich das sagen, Pascal?
Aber ja, das muss doch kein Geheimnis sein, sagt Pascal.
Laura fährt fort: Also, ich war früher dauernd auf der Autobahn unterwegs und brauchte es ständig von hinten, und eines Tages, als ich auf einem stillen Parkplatz mit Pascal zusammen war, sahen wir am Waldrand ein Zelt und dachten: Das ist ein Zeichen! Pascal rief mitten im Orgasmus: Laura! Lass uns zusammenbleiben und als singende Nomaden durch Deutschland ziehen! Da ich schon als Kind sehr gern gesungen hatte, rief ich: Ja! Ja! Ja! Seitdem sind wir ein Paar.

Toll!, ruft Lydia. Ihr habt euch erst ganz kurz gekannt und spontan zugegriffen. So was gefällt mir!
Mir auch!, rufe ich. Das strahlt genau die Art von Optimismus und Entschlossenheit aus, die unser Land gerade so dringend braucht!
Natürlich, sagt Laura. Die Leute sehnen sich nach dieser Zuversicht. Das spüren wir jeden Abend. Wenn wir zum Beispiel unser vielleicht fröhlichstes Lied ›Hey, ich hab mein Pferd gesattelt und jetzt reit ich aus‹ singen, rasten sie förmlich aus. Viele können sich dann nicht entscheiden, ob sie ausgelassen mitsingen oder supervergnügt mitpfeifen wollen, und dann wechseln sie wahnsinnig schnell von Singen zu Pfeifen und wieder zurück, bis sie nicht mehr mitkommen und nur noch ganz selig wie bekiffte Fische ihre Münder öffnen und schließen. Wir lachen.
Super!, rufe ich. Aber sagt mal: Wollt ihr irgendwann Kinder?
Später, sagt Pascal. Erst mal wollen wir unsere Freiheit so richtig auskosten, und es ist ja auch eine Geldfrage!
Kinder sind einfach zu stressig, ergänzt Laura. Meine ältere Schwester hat drei, die wollen immer was! Das wäre nichts für mich. Ich lese gern und viel. Das können Sie mit Kindern vergessen, die sind zu egozentrisch!
Und im Winter?, fragt Lydia. Was machen Sie im Winter?
Da wohnen wir bei meiner Mutter in Peine, sagt Pascal. Sie betreibt da einen Schnell-Imbiss im Zentrum.
Aha!, ruft Jeremy. Dann sind Sie also Schönwetternomaden!
Was ist los?, erwidert Laura. Willst du was auf die Fresse? Soll'n wir uns wegen dir den Arsch abfrieren?

Wieso denn wegen mir, gibt Jeremy vorsichtig zurück.
Außer dir hat uns noch niemand so genannt!, sagt Pascal und rückt ganz nah an Jeremy. Laura zieht aus einem Golfwägelchen eine Baseballkeule und reicht sie Pascal.
Ein bisschen mehr Respekt, du Arsch!, sagt Pascal unaufgeregt, und Jeremy weicht einen Schritt zurück.
Ist doch nur so ein Wort, sagt er beschwichtigend. Das war nicht böse gemeint!
Es klang abwertend, sagt Laura. Das hat hier jeder so verstanden! Was machst du denn beruflich?
Webdesigner, sagt Jeremy.
Jubeln deine Kunden auch so wie unser Publikum?, fragt Laura. Bitte, sagt Jeremy. Ich wollte Sie nicht verletzen. Entschuldigen Sie bitte.
Noch Fragen?, fragt Pascal.
Spielen Sie Golf?, frage ich.
Ja, gerne!, rufen beide. Wir werden oft von Leuten aus dem Publikum zu einer Runde eingeladen. Wir haben einen Golfsong im Programm, deshalb.
Löcher ziehen mich magisch an, sagt Pascal. Lydia muss schlucken.
Und die Musik?, frage ich. Wie geht die Melodie?
Das ist die Melodie von ›Jo, mir san mit'm Radl da‹, sagt Laura. Die kennen Sie vielleicht, die passt ganz prima. Da tobt der ganze Saal!
Das glaub ich, sagt Tom. Er schaut auf die Uhr. Wir müssen los! Schön, Sie kennengelernt zu haben! Gibt es auch eine CD?
Nein, sagt Laura. Aber wir sind im Netz. Da können Sie sich alles runterladen. 99 Cent pro Lied. Sprechen Sie mir mal nach: Die Nomaden.

Wir sagen alle: Die Nomaden.
Und Laura sagt: Runterladen.
Runterladen!, rufen wir lachend. Auf Wiedersehen.
Auf Wiedersehen.
Im Wagen sagt Lydia: Es gibt also doch noch freie, fröhliche Menschen in unserem Land!
Hey, Lydia, rufe ich. Du hörst dich an wie eine Artenschutzbeauftragte!
Du Quatschkopf, meint Lydia. Ich mag einfach Leute, die emotional up to date sind.
Aber ganz schön aggressiv!, meint Jeremy.
Wehrhaft, sagt Tom. Wehrhaft, das ist ein Unterschied.

Unglaublich

Die Riesenkaulquappe Lutz Jobwunder hatte sich so vor den Eingang zur Agentur für Arbeit gelegt, dass niemand weder rein noch raus konnte. Eine Arbeitsvermittlerin fragte die Kaulquappe nach ihrem Namen. Das ist aber ein komischer Name für ein Tier!, sagte sie dann. Jobwunder! Das klingt ja wie erfunden!
Ist angeheiratet, erklärte Lutz.
Sie sind verheiratet?, wunderte sich die Frau. Sie haben Frau und Kinder? Und da liegen Sie hier vor dem Arbeitsamt herum und halten den ganzen Betrieb auf? Schämen Sie sich!
Meine Frau ist mit den Kindern abgehauen, sagte die Kaulquappe, weil ich so melancholisch bin.
Der Arbeitsvermittlerin wurde klar, dass Lutz nur jemand zum Reden brauchte.
Herr Jobwunder?, fragte sie. Wollen wir uns nicht da drüben im Park weiterunterhalten, dann können hier die Arbeitssuchenden rein? Nee, sagte Lutz, so naiv bin ich nicht. Sobald ich im Park bin, sind Sie verschwunden.
Gut, sagte die Arbeitsvermittlerin. Dann rufe ich jetzt das Technische Hilfswerk. Die werden Sie mit ihren Kettensägen unbetäubt in Scheiben schneiden und wegtransportieren, dann sehen Sie Ihre Familie nie mehr wieder!
Egal, sagte Lutz. Ich will sterben.
Da kam der Direktor. Haben Sie ihm schon gedroht?

Ja, Herr Pelz, sagte die Frau. Er ist verzweifelt, ihm ist alles egal.
Frau Stallforscher, fragte der Direktor, haben wir Bier im Haus?
Ich geh schon los, Herr Pelz!
Nach zehn Minuten kamen Frau Stallforscher und ein Kollege mit einem Kasten Bier. Der Direktor machte zwei Flaschen auf. Bierchen, Herr Jobwunder?
Na immer!, sagte Lutz. Gluck, gluck. Leer.
Noch eins?, fragte der Direktor.
Na immer!, sagte Lutz, und ratzfatz war der Kasten leer.
Saufen kann ich, sagte Lutz. Und jetzt?
Jetzt gehen Sie rüber in den Park, wir bringen Ihnen noch zehn Kästen Bier, und Sie machen sich einen schönen Abend.
Und morgen?, fragte Lutz. Und übermorgen?
Na, sagte der Direktor, morgen gehen Sie dann nach Hause und sagen Ihrer Frau, dass alles wieder gut ist.
Ist es aber nicht, sagte Lutz. Glauben Sie wirklich, Sie können mit ein paar Kästen Bier die Welt verändern? Oder meine Grundstimmung?
Dann eben nicht!, sagte Frau Stallforscher und rief das Technische Hilfswerk an. Sie bliesen die besoffene Kaulquappe per Kompressor in null Komma nichts auf, und wie ein riesiger Heißluftballon stieg Lutz hoch in den Himmel.
Super, sagte Frau Stallforscher, sieht super aus! Diese riesige, schwarze Kugel an dem blauen Himmel vor den weißen Wolken sieht super aus, total ästhetisch! Wie eine schwarze Sonne!
Alle waren beeindruckt! Der steigt noch zwei, drei Kilometer, sagte der TH-Chef. Dann platzt er.

Alle sahen gespannt nach oben, und als Lutz Jobwunder platzte, gab es ein lautes Boah!
Schon brutal, sagte Frau Stallforscher, finden Sie nicht?
Herr Pelz nickte. Aber er hat es so gewollt!
Da kam Frau Jobwunder um die Ecke.
Haben Sie vielleicht meinen Mann gesehen?
Und wie!, rief Herr Pelz. Er ist gerade da oben geplatzt!
Frau Jobwunder brach zusammen.
Auch aufblasen!, sagte Herr Pelz.
Frau Jobwunder platzte keine drei Minuten später.
Alle freuten sich schon auf die Kinder, doch sie kamen nicht. Wo bleiben denn die Kinder?, fragte Frau Stallforscher.
Sie haben sich in eine Kirche geflüchtet!, rief eine junge Frau. Da können wir sie nicht aufblasen, sagte der TH-Chef. Wir müssen sie herauslocken. Er fuhr zur Kirche.
Kommt raus, Kinder! Wir fahren euch zum geilsten Baggersee der Welt!
Wir haben gesehen, was ihr mit unserer Mutter gemacht habt, sagte ein Kaulquappenkind. Und wir werden uns so stark auf euch konzentrieren, daß ihr schwanger werdet.
So kam es.
Nur wenige Sekunden später standen die Männer vom Technischen Hilfswerk hochschwanger da, und die Kaulquappen zwängten sich durch das Kirchenportal ins Freie.
Wo wollt ihr denn jetzt hin?, fragte der Pfarrer.
Wir wollen alle ans Meer und uns endlich mit Quallen beschmeißen, sagte eine Kaulquappe.
Aber das Meer liegt da!, rief der Pfarrer und wies in die entgegengesetzte Richtung. Sie glaubten ihm.

Lebenskunde im Juli

Kurz vor den Ferien haben wir in Lebenskunde das Thema ›Gute Menschen – schlechte Menschen‹ durchgenommen, aber so kurz vor den Ferien hatten wir schon keine große Lust mehr zum Nachdenken. Deshalb versuchte der Lehrer, uns durch Extreme anzustacheln.

Wer war denn der schlechteste Mensch?, fragte er.

Hitler, sagte Barbara.

Sehen das alle so?, fragte der Lehrer.

Helmut Kohl, sagte Jens.

Also Leute!, rief der Lehrer, so nicht! Ich verstehe, dass ihr schon in Ferienlaune seid, aber so unqualifizierte Sachen möchte ich nicht hören, verstanden?

Stalin, sagte ich.

Schon besser, rief der Lehrer. Auch Stalin war ein Massenmörder.

Bin Laden, rief Heiko.

Gut, sagte der Lehrer, nun hätten wir schon drei. Doch der schlechteste kann nur einer sein.

Wir stimmten ab, und Hitler gewann relativ klar.

Und der beste Mensch?, fragte der Lehrer. Wer war das? Jesus, Buddha, Mohammed?

Mohammed auf keinen Fall, sagte Linda, der war für Krieg.

Für den heiligen Krieg, präzisierte der Lehrer. Wir müssen schon genau sein.

Wie kann ein Krieg denn heilig sein? fragte Lola. Da bleibt doch gar nichts heil, wenn Bomben fallen.
Gute Kriege, schlechte Kriege, sagte der Lehrer. Darüber reden wir ein anderes Mal, sonst kommen wir nie zu einem Ergebnis. Lasst uns beim Menschen bleiben. Also, Jesus oder wer?
Einstein, sagte Ricky.
Rocky rief: Franz Beckenbauer und Jürgen Klinsmann.
Wieder wurde abgestimmt, und Klinsmann gewann ganz knapp vor Beckenbauer.
Der Lehrer lächelte. Und nun stellt euch einmal vor, wir wären Afrikaner! Was wäre dann?
Dann hätten wir andere Sorgen, sagte Linda.
Das auch, meinte der Lehrer. Aber glaubt ihr, dass ein, sagen wir mal, Nigerianer, auch Hitler und Klinsmann gewählt hätte? Die Nigerianer waren bei der WM ja gar nicht dabei, die haben von Klinsmann vielleicht noch nie was gehört! Und Juden gibt es auch nicht viele in Nigeria.
Wir begriffen sofort, was uns der Lehrer sagen wollte, und summten das Deutschlandlied.
Der Lehrer strahlte.
Herr Lehrer!, rief Heiko. Wenn alles relativ ist, war Einstein doch der beste Mensch. Er hat das ja entdeckt.
Aha, sagte der Lehrer. Was meinen denn die anderen dazu?
Also, sagte Barbara, ein intelligenter Mensch ist noch lange kein guter Mensch, das weiß doch jeder! Aber ich bin mir nicht sicher, ob saudumme Leute schlecht sein müssen.
Müssen nicht!, rief Lennart. Wenn sie gutmütig sind, können sie O. K. sein.

Aha, sagte der Lehrer. Schon wieder ein interessanter Aspekt: Gutmütigkeit. Kann man sich einen gutmütigen schlechten Menschen vorstellen?

Kann man, sagte Ricky. Wenn er verführt wird.

Sehr gut!, lobte der Lehrer. Und was könnte einen gutmütigen Menschen vor Verführung schützen?

Eine starke Persönlichkeit!, rief ich. Oder Interesselosigkeit.

Ich nehm das erste!, rief der Lehrer. Starke Persönlichkeit, Stichwort: Stärke. Glaubt ihr, dass ein guter Mensch auch schwach sein kann?

Er sah auf die Uhr.

Glaub ich schon, sagte Barbara. Es gibt schwache Gute und starke Gute. Und schwache Schlechte und starke Schlechte. Das hat mit Stärke nichts zu tun, ob jemand gut ist.

Aber wenn es nur schwache, antriebslose, gleichgültige, unfähige Menschen gäbe?, fragte der Lehrer. Könnte das gut gehen?

Das gibt's nicht, sagte Irmgard, die sich nur selten meldet. Es gibt immer genug gute Menschen, das hat Gott so eingerichtet.

Wo waren die denn im Dritten Reich?, fragte Heiko.

In Amerika, sagte Irmgard. Die haben uns ja schließlich auch befreit.

Leute!, rief der Lehrer. Wir haben uns verzettelt. Er sah wieder auf die Uhr. Das kriegen wir in der verbleibenden Zeit nicht mehr hin. Jetzt müsst ihr ohne handfeste Anhaltspunkte für eine vernünftige Einschätzung fremder Menschen in Urlaub fahren, schade.

Wir wollten ihn beruhigen.

Herr Lehrer!, sagte Rocky. Machen Sie sich keinen Kopf! Wir wissen, dass die alle nur unser Geld wollen. Dafür interessieren wir uns nicht für deren Kultur. Wir wollen die Sonne und das Meer, basta.
Linda protestierte. Ich interessiere mich schon für die Kulturen, wenn ich Urlaub mache.
Fürs Essen hauptsächlich, rief Rocky und spielte damit auf Lindas Gewichtsprobleme an.
Sauft nicht zu viel!, rief unser Lehrer noch.
Erst dachte ich: Was geht das den denn an? Aber im Auto fiel mir ein, wie gefährlich Alkohol sein kann. Von daher ist das alles Lebenskunde.